KB062534

까마귀 울다

까마귀 울다

초판 1쇄인쇄 2020년 12월 30일
초판 1쇄발행 2021년 1월 1일

저 자 이채형
발행인 박지연
발행처 도서출판 도화
등 록 2013년 11월 19일 제2013－000124호

주 소 서울시 송파구 중대로34길 9－3
전 화 02) 3012－1030
팩 스 02) 3012－1031
전자우편 dohwa1030@daum.net
인 쇄 (주)현문

ISBN ｜ 979－11－90526－28－9*03810
정가 13,000원

도화道化, fool는

고정적인 질서에 대한 익살맞은 비판자,
고정화된 사고의 틀을 해체한다는 뜻입니다.

까마귀 울다

이채형 소설집

차 례

III 사람

후기

1
하늘

비약秘藥

1

경주 사는 친구가 나타난 것은 십 년 만이었다. 그 사이에
풍문으로도 소식을 듣지 못했던 터라 반가움에 앞서 궁금증이
먼저 들었다. 워낙 기상천외한 친구라 그동안 무엇을 했을까
하고.

그는 긴 수염에 치렁치렁한 머리를 뒤로 묶고 있었다. 거기
에다 복장—마치 신라인 같은—까지 남달라서 영락없는 도인
의 모습이었다. 그는 본래 깔끔한 친구였다.

몇몇 친구와 함께한 자리에서 그는 공통의 궁금증을 금방 알아차린 모양이었다.

"감옥에 들어가 있었던 건 아니니 안심하게."

그가 웃지도 않고 말했다.

"감옥에 들어갔다면 수염도 못 길렀겠지. 그런데 어떻게 그렇게도 소식이 없었나?"

한 친구가 물었다.

"산에 들어가 세상과 담을 쌓고 지냈다네."

나중에 알고 보니, 그가 들어가 지냈다는 산은 김유신이 무예를 닦은 곳으로 전해지는 곳이었다.

"자네도 자연인이 되었나?"

다른 친구가 요즘 인기를 끄는 티브이 프로를 염두에 두고 물었다.

"그런 셈이지."

"그럼 약초에도 박사가 되었겠군."

그 프로에 나오는 자연인은 모두 약초 박사였다.

"그래서 비약을 연구했다네."

질문과 대답이 아귀가 맞아떨어졌다.

"비약이라니?"

모두들 호기심 어린 눈으로 그를 바라보았다.

"지금까지 없던 약이네."

그는 지난날에도 여러 차례 흥미로운 것들을 고안해서 선보인 바 있었다. 예를 들면 불상, 토우, 칼, 주사위 등 여러 가지 신라 유물의 모조품―그는 창조적 복제품이라고 주장했지만―이 대표적이었다. 그 중에는 목제 반가사유상도 있었는데 그 정교함에 모두 혀를 내둘렀다. 그는 또 문화재와 관련된 몇 가지 신안특허를 내기도 했다. 그래도 비약은 의외였다.

"세상에 그런 약이?"

아까의 친구가 다시 티브이 프로에 빗대어 물었다.

"자네들은 상상하기도 어려울걸."

"대체 무슨 약인데?"

"고통을 없애는 약이라네."

그는 간단하게 대답했다.

그러나 설명을 들으니 결코 간단한 약이 아니었다. 그의 말에 따르면, 이른바 그 비약은 한 알의 복용으로 모든 통증을 가라앉힌다는 것이었다. 정말 고통을 잠재울 수 있다면 그게 어떤 것이든 그야말로 활인지약이라 할 만했다. 연구는 이미 끝났고 법제法製 과정만 남았다는 것이었다.

"진통제 같은 것인가?"

"진통제라면 굳이 비약이라고 할 게 있겠나."

친구들의 호기심은 더욱 커질 수밖에 없었다.

"진통제는 대증요법에다 한시적 아닌가?"

"그럼 자네의 비약은 다른가?"

"이 약은 근본적인 통증을 궁극적으로 치유한다네."

다시 그의 설명에 따르면, 그의 비약은 고통의 근원을 찾아서 아예 뿌리째 뽑아 없앤다는 것이었다. 오, 고통의 완벽한 소멸이라니! 과연 비약임이 분명했다.

"그렇다면 신경성까지?"

"육신 없는 신경이 어디 있나. 육체가 없으면 정신도 없네."

그의 말로 미루어 정신적인 고통까지 포함되는 듯했다.

"그런 비방을 대체 어디서 구했나?"

나는 비약의 근거를 어디서 찾았는지 궁금했다.

"삼국유사에 보면 물계자라는 인물이 나오네. 대단한 현인
이지."

그는 잠시 말을 끊고 내 쪽을 바라보았다. 그러면서 과연
자신의 말을 이해할 수 있을지 염려하는 눈빛이었다.

"말년에 산에 들어가 신선이 되었는데, 그가 남긴 비방이
전설로 전해지고 있었다네. 그 전설에 주목했지."

그의 말에 따르면, 비약에 관계된 전설이 천 년 전부터 구전
으로 전해져 왔다는 것이었다. 그러나 구체적인 처방은 알려
지지 않았다. 그러다가 도굴된 어느 고분에서 나온 죽간竹簡에
서 비방의 열쇠를 찾았다는 것이었다.

"십 년 노력 끝에 마침내 실현을 눈앞에 두었네."

도대체 고도古都의 풍설에나 어울리는 사연이라 모두들 어

리둥절할 뿐이었다.

"약재는 뭔가?"

한 친구가 정신을 수습하고 구체적으로 물었다.

"바로 이거야. 오늘에야 마지막 약재를 구했지."

그가 옆에 놓인 가방을 돌아보며 덧붙였다.

"경동시장의 약령시를 뒤지고 오는 길일세."

"대체 그게 뭔가?"

"독약."

친구는 간단하게 말하고 더 자세히는 설명하지 않았다.

"그러니까 독약처방이로군."

모두들 조금 허탈한 기색이었다. 독약을 먹은 뒤에는 누구도 통증을 느끼지 못할 것이기 때문이었다.

"독 아닌 약이 어디 있는가."

그리고 그는 자신있게 덧붙였다.

"두고 봐, 고통 없는 세상이 올 테니!"

친구들은 반신반의하면서도 비약 자체의 매력에 대해서는

기대를 감출 수 없었다.

"완성하면 한 알 부탁하네."

"그래, 자네들도 한 가지 고통은 있겠지."

2

경주 친구를 만난 뒤에 문득 까마득한 지난날의 '꿩약'을 떠올린 것은 우연이었을까.

그 약은 꿩을 잡는 데 쓰였다. 겨울이면 뒷산의 꿩을 잡으려고 콩으로 만들었는데, 물론 친구의 비약과 견줄 수는 없었다. 그러나 독극물을 사용한다는 점에서는 공통점이 있었다. 비방도 따로 없고, 만드는 방법도 비교적 간단했다.

먼저 콩에다 구멍을 내고, 그 속에 청산가리─흔히 사이나라고 불렀다─를 넣고, 촛농으로 구멍을 밀봉하면 다였다. 얼른 보아서는 그냥 콩이나 다름없었다. 그러나 독약이 든 콩이었다. 그것을 꿩을 잡는 데 쓴다고 꿩약이라 불렀다. 그 위장

한 콩을 산기슭에 뿌려두면 꿩이 날아와 주워 먹고 죽었다. 겨울이 되면, 형은 어디서 그 독극물을 구해 오는지 열심히 꿩약을 만들었다.

어느 해 겨울, 내가 막 학교에 들어가서 맞은 첫 겨울방학 때였다. 그 해도 겨울이 되기 무섭게 형은 꿩약을 준비했다.

우선 밭에서 수확한 콩을 확보해야 한다. 그리고 끝을 납작하게 만든 철사토막을 숫돌에 갈아 날을 세운 뒤, 그것으로 콩에다 구멍을 낸다. 세심하고 정밀한 그 작업이 끝나면 하얀 사이나 가루를 그 구멍에 넣는다. 독극물이라 아주 조심스럽게 다루어야 한다. 그런 다음 초에 불을 붙여 떨어지는 촛농으로 그 구멍을 메운다. 정교한 작업이 끝나면 겉으로 보아서는 감쪽같은 콩이다. 한 가지 특이한 점이라면, 보통은 흰 메주콩을 쓴다는데 형은 꼭 검은콩을 썼다. 정성을 다한 꿩약이 완성되면 형은 눈이 내리기를 기다렸다.

마침내 밤새 눈이 작석을 했다. 형은 꿩약을 갈무리해 두었던 깡통을 들고 집 뒤 산기슭으로 나갔다. 나와 누렁이는 형의 뒤를 따라갔다. 쌓인 눈으로 발목이 푹푹 빠졌다. 비탈밭이 끝나는 양지바른 산기슭에서 형은 발걸음을 멈췄다. 꿩은 대개산속 숲에서 살았지만 이따금씩 기슭으로 내려왔다.

"이쯤이 좋겠군."

형이 주위를 살피다가 말했다.

"꿩이 정말 여기까지 올까?"

나는 아무래도 미심쩍어 형에게 물었다.

"너 여기 꿩 내려온 거 못 봤니? 꿩 울음소리 자주 들었잖아?"

"이렇게 눈이 많이 왔는데……."

"그러니까 먹을 게 없어 더 내려오는 거야."

형은 이미 그 방면에 도사였다. 형은 적당한 간격으로 눈위에 콩을 놓았다. 촛농으로 메운 쪽이 반드시 밑으로 가게 했다.

"요놈들이 조금만 이상해도 귀신같이 알고 먹지 않거든."

하얀 눈 위에 놓인 까만 콩! 정말 정물화처럼 아름다웠다.

형이 왜 검은콩을 택했는지 그제야 알 것 같았다. 그러나 그것은 죽음이 어른거리는 살벌한 풍경이기도 했다.

꿩약의 설치가 끝나자 형은 눈 위에 난 발자국을 평평하게 지우면서 뒤로 물러났다.

"요놈들이 의심이 얼마나 많은지."

마침내 모든 준비가 끝났다.

"이제 가자. 내일 다시 와 봐야지."

다음날, 아침 일찍 형은 뒷산으로 나갔다. 나와 누렁이도 물론 따라 나갔다. 어제 꿩약을 뿌려 놓은 곳에 다다랐을 때였다. 산기슭의 눈밭에 한 쌍의 새 발자국이 선명하게 찍혀 있었다. 주저주저하면서 다가간 듯 조심스러운 발자국이었다. 그리고 어제 놓아둔 콩이 사라지고 없었다.

"옳지, 요놈들이 먹었구나!"

온통 눈으로 덮인 세상에 먹이를 찾아 나섰다가 눈에 띈 콩! 배고픈 새는 그 콩의 유혹을 뿌리치기 어려웠으리라.

"자, 요놈들이 어디 처박혔는지 빨리 찾아야 해."

형은 꿩의 행방을 찾아 서둘렀다. 꿩은 꿩약을 먹고 바로 그 자리에 고꾸라지는 것이 아니었다. 날아올랐다가 다른 곳에 떨어져 죽는다고 형은 설명했다.

누렁이가 앞장을 섰다. 군데군데 눈이 무릎까지 빠지는 산을 돌며 이곳저곳을 살폈다. 그리고 눈 속을 헤맨 끝에 마침내 발견했다. 등 너머 청솔 아래 자는 듯 쓰러져 있는 장끼 한 마리. 아직도 윤기 자르르한 고운 목덜미의 진홍빛 털, 그리고 굳게 감은 눈!

그 순간, 생전 처음 느끼는 어떤 감각이 전류처럼 머리끝에서 발끝으로 흘렀다. 처음에는 무엇인지 몰랐으나 차츰 그것이 아픔이란 걸 알았다. 그 설명할 수 없는 아픔이 날카로운 비수처럼 가슴을 찔러댔다.

그런데 꿩약은 꿩만 쓰러뜨린 것이 아니었다.

어느 해 겨울, 형은 웬일로 검은콩이 아닌 흰콩으로 꿩약을 만들었다. 처음 있는 일이었다.

"왜 흰콩이야?"

"꿩이 불쌍해서."

마치 꿩이 흰콩이 아닌 검은콩 때문에 죽은 듯이 형은 말했다.

나는 그 말의 숨은 뜻을 미처 눈치채지 못했다. 그 흰콩의 꿩약을 꿩이 아니라 스스로를 위해 만들었다는 사실도! 형이 왜 자신이 삼킬 꿩약을 검은콩이 아니라 흰콩으로 하고 싶었는지 나는 짐작도 할 수 없었다.

상급 학교 진학이 최후로 좌절된 그 해 겨울, 눈 내린 산기슭 비탈밭 가에 형은 반듯이 누운 채 잠들어 있었다. 형을 잠들게 하는 데는 한 알의 꿩약으로도 충분했다. 등 너머까지 날아가지도 않았다. 청솔 아래 누운 장끼는 눈을 감고 있었지만 형은 눈을 뜬 채였다.

그 순간, 머리끝에서 발끝까지 다시 전류가 흘러내렸다. 그것은 아픔을 넘어 두려움이었다. 한 번도 느껴 보지 못한 공포였다.

3

언제부터였을까, 그날의 아픔과 두려움이 되살아난 것은. 청솔 아래 쓰러져 있던 장끼와 비탈밭 가에 잠들었던 형의 모습이 수시로 꿈속에 나타났다. 식은땀에 젖은 채 눈을 뜨면 다시는 잠을 이루기 어려웠다.

기억의 촉수가 이렇게도 집요할 줄은 몰랐다. 그 모습은 지금까지 겪은 모든 죽음의 원형이면서, 언젠가 나에게 닥칠 처음이자 마지막 죽음의 상징이었다. 불면증이 심해지면서 그 고통은 밤의 안식을 송두리째 앗아갔다.

그때, 문득 경주 친구가 생각났다. 그가 비약을 완성했는지 그 뒤로 소식이 없었다. 그는 한 알의 비약으로 모든 고통을 잠재울 수 있다고 분명히 말했다. 어쩌면 기억의 고통도 그 범주에 들지 모른다. 나는 친구를 찾아 고도로 내려갔다.

고도는 역시 왕릉의 도시였다. 경주, 하면 나에게는 언제나 무덤의 이미지가 먼저 떠올랐다. 초입에 들어서기도 전에 눈에 들어오는 것이 무덤군群이었다. 그것은 무덤이 누려 사는 곳이란 느낌을 갖게 하기에 충분했다. 그러나 그 고총들은 이미 과거완료형이었다.

차창 밖으로 그 과거완료형의 무덤들을 바라보며 나는 까맣게 잊었던 형의 무덤을 떠올렸다. 그것은 무덤이라고도 할 수 없는 한낱 돌무더기였다. 그것마저도 몇 해 뒤에는 흔적 없이 사라지고 말았다. 그것이 형이 남길 수 있었던 유일한 자취이자 진실이었음에도.

친구를 만나자마자 나는 기억의 고통을 호소했다.

"잠 좀 자게 해주게."

"잠이 안 오면 수면제를 먹으면 될 거 아닌가?"

"그건 임시방편일 뿐이지."

"그럼 자네 불면증에 뿌리가 있다는 건가?"

나는 친구에게 내 불면증의 내력을 설명하지 않을 수 없었다. 그에게 장끼와 형의 마지막 모습을 설명하기는 쉽지 않았다. 나는 열심히 그때의 아픔과 두려움을 표현하면서도 그가 과연 이해할지는 자신이 없었다.

"자네는 역시 시인답군."

그가 나를 놀리는 것 같지는 않았다.

"그럼 아주 기억을 지우겠단 말인가?"

"가능하다면 그러고 싶네."

"그러고도 시를 쓸 수 있을까?"

나는 아무 대답도 할 수 없었다.

"우선 바람이나 좀 쐬도록 하세."

친구가 나를 데리고 간 곳은 대릉원이었다. 천 년 전 왕의 무덤들이 모여 있는 곳이었다. 스무 기가 넘는 무덤들 중에는 주인이 밝혀진 무덤도 있고 그렇지 못한 무덤도 있었다. 그 중에서 그 속까지 들어가 볼 수 있는 무덤이 있었다. 천마총이었다. 알고는 있었지만 들어가 본 적은 없었다.

천 년의 비밀을 간직한 무덤 속으로 나는 친구를 따라 들어갔다. 무덤 속은 예상과는 달리 어둡지 않았다. 밝은 조명 아래, 무덤은 그 속을 훤히 드러내 보이고 있었다. 부장품인 금

관과 환두대도 등을 비롯한 많은 유물들-복제품-이 진열되어 있고, 어떤 왕인지 밝혀지지 않은 무덤의 주인이 누웠던 자리도 재현되어 있었다. 물론 왕의 육신은 사라지고 없었다.

왕이 누운 자리의 벽에 천마도天馬圖가 걸려 있었다. 자작나무 껍질에 그려진, 하늘을 나는 하얀 말의 그림이었다.

"저 왕이 편히 잠들었을 것 같나?"

친구는 느닷없이 물었다. 그의 말뜻을 몰라 나는 그의 얼굴을 쳐다보았다.

"아마 자네처럼 많은 밤을 불면에 시달렸을 거야."

"그럼 저기 천마는 뭔가?"

나는 궁금해서 물었다.

"잠 안 오는 밤에 저 말을 타고 날았겠지."

"그래서 어디로 갔을까?"

나는 다시 물었다.

"다시는 돌아올 수 없는 곳이었겠지."

친구의 말을 들으며, 나는 천마를 탄 왕의 불면을 상상해 보았으나 그의 고통은 쉽게 떠오르지 않았다. 그리고 천마를 타고 떠난 왕의 죽음 또한 마찬가지였다.

한참 뒤, 친구와 나는 무덤 속을 나왔다. 무덤 밖에는 밝은 햇살이 비쳤다. 나는 고개를 젖히고 하늘을 올려다보았다. 머리 위에 청동빛 하늘이 펼쳐져 있었다. 너무 반가웠다. 아, 신라의 하늘이 저랬을까! 그러자 그 시절의 향가 한 구절이 불현듯 떠올랐다. 삶과 죽음의 길은/여기 있으매 머뭇거리고…….

"고통을 없애는 건 어렵지 않네."

대릉원을 나오면서 친구가 말했다.

"그러면 됐네."

나는 뛸 듯이 기뻤다.

"하지만 자네, 고통을 없앤 뒤 무엇으로 살 텐가?"

무슨 말인지 몰라 나는 그를 물끄러미 바라보았다.

"파스칼이, 고통은 정신의 양식이라고 하지 않았나. 자네, 그 양식 없이 살 수 있을 것 같나?"

"그럼 자네는 왜 비약을 만들었지?"

"무수환을 만들고 나서야 그걸 깨달았다네."

무수환無愁丸은 그가 만든 비약의 명칭이었다.

"기억이 곧 정신인데 자네, 그 정신을 지워 버리겠다고?"

그가 하는 말의 늪에서 나는 미처 헤어 나오지 못했다.

"기억의 고통이 있어 자네의 삶도, 시도 있네."

"비약을 못 주겠다는 건가?"

나는 농락당한 기분이었다.

"나는 무수환을 영원히 폐기해 버렸네."

그러나 그는 나와 헤어질 때 까만 환약 한 알을 내밀었다.

"마지막 무수환이네. 선택은 자네 몫일세."

떨리는 손으로 비약을 받아 드는데, 천마를 함께 탄 장끼와 형의 모습이 눈앞을 스쳤다.

봄의 순유巡遊

우리는 탐험을 멈추지 않으리라
그리고 우리의 모든 탐험의 끝은
결국 우리가 출발했던 그곳이 되리니
그리고 그때야 비로소 그곳을 알게 되리
　　　－T. S. 엘리엇의 「네 개의 사중주」 중에서

1

봄비가 내렸다. 경칩이 지난 지 며칠 되었다. 그는 우산을 받치고 공원으로 나갔다. 겨우내 얼음으로 덮여 있던 연못이 어느새 녹아 있다. 봄비가 수면에 끊임없이 흉터를 만든다. 혹시나 하고 살펴보았으나 일찍 나온 개구리는 보이지 않았다. 대신 빗속에서도 운동에 여념이 없는 사람들이 부산하게 걷고 있었다. 그들이 공원의 정적을 깨뜨려 놓았다.

서둘러 공원을 벗어나자 그는 한길을 따라 걸어갔다. 지난 겨울은 지독한 한파가 지겹도록 계속되었다. 그것이 언제냐 싶게 날이 풀렸다. 그리고 봄비다. 계절의 변화는 언제나 이렇듯 순식간이다. 고양이 발걸음보다도 은밀하게 봄이 왔다.

길모퉁이 저만큼 빨간 우체통이 보였다. 그곳에는 우체국이 있다. 마지막 편지를 언제 부쳤는지 그는 생각나지 않았다. 지금은 편지가 사라진 시대다. 사랑하는 사람에게도 편지를 쓰지 않는다. 그는 아무런 생각 없이 우체국으로 들어갔다. 자동문 앞에 우산꽂이 통이 놓여 있었다. 색깔이 다른 몇 개의 우산이 꽂혀 있다. 그는 자신의 우산을 함께 꽂았다. 우체국 안에는 몇 사람이 소포를 부치고 있었다. 그때, 희한하게도 50

년도 더된 지난날의 전보 한 통이 생각났다.

─보고 싶어.

한 소년이 한 소녀에게 띄운 전보였다.
그는 창구로 다가가 여자 직원에게 물었다.
"아직도 전보를 칠 수 있나요?"
"그럼요. 경조사 전보가 필요하신가요?"
"아니오, 전보도 없어진가 해서요."
우체국을 나갈까 하다가 문득 '에메랄드빛 하늘이 환히 내
다뵈는/우체국 창문 앞에 와서' 매일 편지를 쓴 어느 시인이
떠올랐다. 시인은 사랑하는 연인에게 편지를 썼다. 소년도 소
녀를 사랑했다. 오늘은 에메랄드빛 하늘이 아니지만 그는 엽
서 한 장을 샀다. 그리고 필기구와 돋보기가 준비되어 있는 한
쪽 테이블 앞에 서서 돋보기를 끼고 편지를 썼다.

—반세기가 지나 너에게 안부를 묻나니, 아직 살아 있느냐?

　시인처럼 엽서의 서두를 쓰고 나자, 소녀의 생각이 끝도 없이 밀려왔다. 그녀와는 여관에서 만났다. 그녀의 집은 여관을 하고 있었다. 고교 입학시험을 치러 대도시로 올라와 묵은 곳이 그 여관이었다. 소녀도 그 해 똑같이 입학시험을 쳤다. 그녀는 도시 소녀이고, 그는 시골 소년이었다. 둘은 함께 시험에 실패했다. 헤어질 때, 소녀가 하얀 발레복을 입고 춤을 추는 사진을 선물로 주었다. 그리고 동병상련 속에 편지를 주고받았다. 서로의 편지가 언제, 왜 끊어졌는지는 희미하다. 소녀의 사진도 행방이 묘연한 지 오래다.

　반세기 전의 파릇파릇한 회상이 푸석푸석한 가슴을 들쑤셔 놓았으나 엽서는 더 나아가지 못했다. 생사를 모르는 사람에게 긴 사연을 쓰기는 무리다. 그는 더 쓰기를 포기하고 엽서를 뒤집어 받는 사람의 주소와 이름을 적었다. 대구시 동성로 2가 52번지 영남여관 오명숙. 그는 광역시가 되기 전의 그 주소를 아직도 기억하고 있었다. 그러나 그 주소가 아직까지 유효하리라고는 생각하지 않았다. 보내는 사람의 주소와 이름도 또박또박 적었다. 그러나 답신을 기대하고 쓴 것은 아니었다.

우체국을 나설 때 우산꽂이에는 남은 우산이 하나뿐이었다. 색깔은 같은 검은색이었으나 손잡이가 달랐다. 그의 우산은 곧은 손잡인데 남은 우산은 굽은 손잡이다. 그는 남은 우산을 들고 우체국을 나왔다. 그리고 봄비를 맞고 선 우체통에 엽서를 넣었다.

바뀐 우산은 다행히 손잡이가 튼튼해 보였다. 그는 우산을 펴고 굽은 손잡이를 단단히 잡은 채 걸어갔다. 바뀌는 게 어찌 계절뿐이겠는가. 우산도 바뀔 수 있다. 때로는 깊이 박힌 뿌리도 세상 밖으로 뽑힌다. 그래서 오래된 기억이 어제 일처럼 되살아나기도 한다.

걷다 보니 지하철역까지 와 있었다. 그는 지하도를 내려가 화장실에 들어갔다. 그리고 바뀐 우산의 손잡이를 비누칠을 해서 말끔히 씻었다. 누군가의 지문을 지우는 사이에 문득 우산의 주인이 궁금해졌다. 봄비만 강산을 채우는 게 아니다. 뜻하지 않은 궁금증도 마음을 채운다. 그 사람도 어쩌면 바뀐 우산의 지문을 씻고 있을지 모른다. 그리고 그가 새로이 지문을 남기듯 그 사람도 지문을 남기리라. 지하철 플랫폼에서 전동차 떠나는 소리가 들렸다. 어쩌면 우산의 주인이 그 차를 타고 떠났는지도 모른다.

2

의류수거함 위에, 도타운 햇살 아래 갈색 구두 한 켤레가 놓여 있었다. 그는 구두를 뒤집어 밑바닥을 살펴보았다. 아직 닳지도 않은 뒤창에 마른 잔디줄기 몇 가닥이 붙어 있다. 신고 있던 신발을 벗고 신어보았더니 발에 꼭 맞다. 그는 자신의 신발을 수거함 위에 올려놓고 그 구두로 바꿔 신었다. 지난번에는 우산이 바뀌더니 이번에는 신발을 바꾸었다.

햇살 속을 걸어가며 그는 생각했다. 멀쩡한 구두가 왜 버려졌을까? 몇 가지 유추를 해보다가 문득 구두 주인의 삶을 상상해 보았다. 그도 봄비 속을 걸어가 엽서를 띄워 본 사람일까? 그러다가 그가 이미 세상을 떠났는지도 모른다는 생각이 들었다. 지난날에는 누가 죽으면, 그가 생전에 입던 옷가지나 물건들을 태워 없앴다. 태우기 성가셔서 버렸는지도 모른다. 그는 그렇게 생각하기로 했다. 그래도 조금도 꺼림칙한 기분이 들지 않았다. 누군가 구두를 남긴 채 떠나고, 그 구두를 생전에 알지도 못한 누군가가 우연히 발견하고 이어 신는다. 그것도 계절의 순환만큼이나 얼마나 대단한 일인가.

그의 발걸음은 어느새 묘지 가까이 와 있었다. 이곳은 오래된 천주교 묘지다. 능선을 따라, 파릇파릇 잔디의 빛깔이 되살아난 무덤들이 투명한 봄볕 아래 모습을 드러냈다. 마침 묘지 주위에 진달래가 무더기로 피어 있었다. 꽃은 사멸과 망각의 언저리를 붉게 물들였다. 그 붉은 개화 속에서 무덤 속 망자들도 기지개를 켤 것 같았다.

그는 가끔 이곳에 들렀다. 이 묘지에 묻힌 이들은 모두 신자들이다. 무덤마다 작은 묘석이 서 있고, 전면에 세례명이 새겨져 있다. 마리아, 마태오, 막달레나, 시몬, 바오로, 카타리나, 안토니오……. 그들은 모두 살아서 부르던 이름 대신 성인들의 명찰을 달고 하늘나라로 갔다. 이곳에는 독립유공자도 잠들어 있고, 시인과 소설가와 성악가도 잠들어 있고, 권투 챔피언까지 잠들어 있다. 그는 이 사자들의 마을을 좋아한다. 공원과는 달리 언제나 조용하다. 죽은 사람은 떠들지 않는다.

그 묘역의 어느 무덤 앞에 꽃을 꺾어다 놓고 한 늙은이가 앉아 있었다. 다른 사람은 보이지 않았다. 늙은이가 그에게 말을 걸었다.

"누구를 찾아왔소?"

그는 늙은이를 실망시키고 싶지 않았다.

"한 번도 본 적이 없는 이의 무덤을 찾는 중입니다."

"보지도 못한 사람의 무덤을 뭐 때문에 찾소?"

"그가 이 구두를 남겼거든요."

그는 늙은이에게 구두 신은 발을 들어 보였다.

늙은이를 지나쳐 위쪽으로 올라가자 금방 숨이 찼다. 그는
어느 무덤 앞에 털썩 주저앉았다. 마태오의 무덤이었다. 성인
마태오는 알았지만 그 명찰을 단, 무덤 속 망자가 누구인지는
알 턱이 없었다. 그는 무덤에 상반신을 기대고 눈을 감았다.
그러자 문득 마태오의 체온이 느껴졌다.

3

실버극장에 들러 그는 바뀐 포스터를 둘러보았다. 옛 포스
터 속의 스타는 영원히 젊고, 영원히 죽지 않는다. 시간을 거
슬러 존재하는 것은 영화 속 인물들뿐이다. 그래서 추억의 명
화는 언제나 현재다. 그가 옛 영화를 상영하는 실버극장에 이
따금 들르는 것은 그 때문이다.

상영작은 〈초원의 빛〉이었다. 그는 로비의 둥근 테이블에
앉아 까마득한 기억 속의 장면들을 떠올렸다. 워즈워드의 시
와 함께 젊은이의 사랑과 이별이 세월을 건너뛰어 가슴을 뒤

흔들어 놓았다. 그러나 그가 영화 속의 워렌 비티로 돌아가기
에는 너무 멀리 와 있었다. 초원의 빛이여/꽃의 영광이여/다
시 찾을 길 없을지라도 우리 서러워 말지니.

그래서 남은 커피를 마시고 일어나려는 참이었다. 맞은편
에 앉았던 여인이 먼저 일어났다. 그녀는 영화 속 내털리 우드
처럼 흰 원피스에 흰 모자를 쓰고 있었다. 잃어버린 사진 속
소녀의 발레복도 흰빛이었다. 그녀가 출구를 나가 엘리베이
터로 향했다. 그는 서둘러 그녀를 따라갔다.

"혹시 생각지도 못한 엽서를 받은 적이 없나요?"

엘리베이터를 기다리는 그녀에게 그가 물었다.

"그걸 어떻게 알았어요?"

그녀가 돌아보며 되물었다.

"오십 년 만에 엽서를 부쳤거든요."

그가 신이 나서 말했다.

"친구의 엽서를 일 년 만에 느린 우편으로 받았어요."

두 사람의 사연이 치차처럼 맞아떨어졌다. 때로는 우연이

더욱 필연적일 때가 있다.

"훌륭한 친구를 두었군요."

"그 사이에 친구는 떠났어요."

두 사람은 실버극장을 나오자 화창한 햇살 속을 함께 걸어갔다. 한길을 꺾어 돌자 지하철역이 나왔다. 그들은 지하철역으로 들어가, 누가 먼저랄 것도 없이 함께 전동차에 올랐다. 그들은 비어 있는 노약자석에 나란히 앉았다.

"몇 호선이지요?"

이 지하철에는 세 노선이 있었다.

"1호선입니다."

그녀가 잠자코 있어서 그는 다시 말했다.

"종점은 소요산입니다."

"한가로운 사람들이 많은가 보죠."

산 이름의 소요逍遙에 빗대어 하는 말이었다. 그들도 어느새 한가로운 사람들이었다.

"그곳엔 원효와 요석공주의 전설도 있지요."

그는 그 산에 대해서 잘 알고 있었다. 산은 두 사람의 전설로 다시 태어났다. 원효가 도를 닦았다는 자재암으로, 요석 공주의 발길이 닿았을 요석공원으로, 원효가 몸을 담갔을 원효폭포로, 공주가 원효를 그리며 내려다보았다는 공주봉으로…… 그리고 그는 원효가 부른 노래까지 알고 있었다. 자루 없는 도끼를 누가 준다면/하늘 버틸 기둥을 내가 깎으리.

"전설이 왜 필요했을까요?"

그녀가 창밖을 바라보며 물었다. 전동차가 지하에서 지상으로 나와 달리고 있었다.

"한가로운 사람들 때문이었겠죠."

그들은 전설이 있는 곳까지 갔다. 마침 소요산 입구에 목련이 하얗게 피어 있었다. 공주처럼 우아하고 눈부셨다. 그 꽃을 보자 그녀가 탄성을 질렀다.

"아, 저 꽃 때문이었군요!"

전설이 그 꽃 때문이란 건지, 여기까지 온 게 그 꽃 때문이란 건지 알 수 없었다. 그러나 아무래도 상관없었다. 그녀가 실망하지 않은 것만도 다행이었다.

해탈문을 지날 때 그녀가 물었다.

"여기까진 왜 찾아왔을까요?"

원효를 두고 하는 말인지, 자신들을 두고 하는 말인지 이번에도 헷갈리기는 마찬가지였다. 그러나 그는 전자로 이해하고 원효의 노래에 빗대어 대답했다.

"자루 없는 도끼 때문이었겠지요."

그녀가 피식 웃었다. 그녀도 그 노래를 알고 있음에 틀림없었다.

두 사람은 자재암과 원효폭포를 둘러보았다. 그러나 공주봉까지는 오르지 못했다. 전설의 한 자락은 미답으로 남겨두었다.

그들은 산을 내려오자 너무 피곤했다. 그래서 지하철에 오를 때처럼 누가 먼저랄 것도 없이 모텔을 찾아갔다. 방에 들어서자 기다렸다는 듯이 졸음이 몰려왔다. 그들은 침대 위에 나란히 누워 금방 잠이 들었다.

4

다시 봄비가 내렸다. 그는 바뀐 우산을 펴고 공원으로 나갔다. 어느새 벚꽃이 지고 있었다. 젖은 꽃잎이 가랑비 속을 나비 떼처럼 날아 떨어졌다. 연못가로 갔다. 연못물이 봄비로 불었다. 불은 물 위에 떨어진 꽃잎들이 가득 떠 있고, 개구리들이 낙화를 머리에 이고 꽈리 소리를 내며 짝짓기를 하고 있었다.

공원을 나와 거리를 걸어가는 동안 가랑비가 이슬비로 바뀌었다. 저만큼 우체통이 그 자리에 서 있었다. 그는 다시 우체국 안으로 들어갔다. 자동문 앞에 오늘도 우산꽂이 통이 놓여 있고, 그때처럼 우산 몇 개가 꽂혀 있다. 그도 우산을 꽂았다.

그는 엽서 한 장을 샀다. 이번에는 마지막 봄비가 내린다고 쓸 생각이었다. 물론 저번에 띄운 엽서의 답장은 받지 못했다.

느린 우편이 아닌데도 엽서가 반송되어 돌아오지도 않았다. 이번에도 또 한 번 집배원에게 헛수고만 끼치고 말 것이다. 그러자 그는 엽서를 다시 쓸 생각이 가시고 말았다.

엽서를 포기하고 돌아서는데 우산들이 그대로 꽂혀 있었다. 이제 다시 우산이 바뀔 기회는 없으리라. 그는 잠시 망설이다 우산을 그대로 둔 채 밖으로 나왔다. 두고 온 우산은 누군가의 손으로 다시 흘러가리라. 손잡이의 지문도 누군가 다시 지우리라. 그래서 우산은 세상의 흐름이 된다. 밖에는 비가 그쳐 있었다.

집으로 돌아오자, 그는 갈색 구두를 들고 의류수거함이 있는 데로 갔다. 바꾸어 엎어놓은 그의 신발은 보이지 않았다. 그는 구두를 수거함 위에 올려놓고 돌아섰다. 봄날의 배회도 어느덧 끝이었다.

까마귀 울다

그곳엔 한밤의 어둠뿐
그것밖엔 아무것도 없었네.
　　　　　－포의 「갈까마귀」 중에서

1

아파트 단지 위로 까마귀가 날아다녔으나 그전까지는 별로
의식하지 못했다. 뒤쪽에 산이 있고 앞쪽에 공원이 있으니 조

금도 이상할 게 없었다. 내가 까마귀의 존재를 분명하게 의식하게 된 건 어느 날 아침이었다.

여느 때처럼 공원으로 산책가려고 아파트 출입구를 나서려는데 어디선가 퉁명스러운 새 울음소리가 들려왔다. 까옥까옥까옥……. 그 소리는 부산한 출근 무렵이 지난 뒤의 조용하고 한가로운 아파트 단지를 괴이쩍게 울려놓았다. 그 때문에 아마 내 귀를 선명하게 파고들었으리라. 상가 옆 교회 쪽이었다. 걸음을 멈춘 채 무심코 올려다보았더니, 높다란 교회 첨탑 위에 새까만 새 한 마리가 앉아 있었다. 까마귀였다. 까옥까옥, 다시 그 소리가 날아왔다.

─성경에 등장하는 최초의 새 아닌가.

새가 앉은 자리가 공교롭게도 교회 첨탑의 십자가라 이 생각이 먼저 들었다. 성경에 따르면 황폐한 곳에 살며, 썩은 고기를 먹는 부정한 동물이었다.

그러고 보니, 아내는 이미 나보다 먼저 그 까마귀의 존재를 알고 있었던 듯하다. 며칠 전 아침, 아내가 내게 물었다.

"왜 저러지요?"

나는 아내의 말을 미처 알아듣지 못해서 얼굴을 물끄러미 바라보았다.

"저 울음소리 안 들려요?"

귀를 기울여 보니 까마귀 소리였다.

"까마귀가 부근에 둥지를 틀었나 보군."

나는 대수롭지 않게 대답했다.

"새벽부터 잠을 설치게 하는데도 태평이군요."

그녀는 신경이 꽤 날카로워져 있었다. 사실 몹시 건조하게 이어지는 그 소리는 누가 들어도 유쾌한 편은 아니었다. 그녀는 이미 까마귀 울음소리에 적잖이 타격을 입고 있는 듯했다. 그 때문에 불면이 더욱 깊어진 게 분명했다.

공원 입구에 다다랐을 때, 다시 한 번 까마귀의 울음소리가 무겁게 들려왔다. 그때였다. 한길 쪽에서 젊은 여인이 허겁지겁 뛰어오더니 다급하게 말하는 것이었다.

"어쩌면 좋죠? 얘가 차에 치였어요!"

그녀가 두 팔을 내밀어서 보니, 강아지 한 마리가 피를 흘리며 안겨 있었다. 사색이 다 된 그녀의 품에서 강아지는 눈이 감긴 채 꼼짝하지 않았다.

"한길 맞은편에 동물병원이 있어요."

나는 덩달아 다급해져 손으로 그쪽을 가리켰다.

"잠깐 애 좀 받아주세요."

그녀는 그 경황 중에도 더 급한 일이 있는 모양이었다. 나는 얼른 강아지를 받아 안았다. 사고에 놀라서 그런지, 그녀는 공원 화장실 쪽으로 허둥대며 뛰어갔다. 나는 공원 입구 가까운 벤치 위에 강아지를 뉘었다. 나이든 요크셔테리어였다. 차에 친 게 틀림없어 보였고, 머리 쪽에 피를 흘리며 눈을 감은 채 가쁘게 숨을 몰아쉬고 있었다.

나는 문득 볼록이―우리가 기르던 시추―를 떠올렸다. 아내가 친구한테서 얻어온 강아지였는데, 우리 집에 온 지 일 년 만에 방광결석에 걸리고 말았다. 피오줌을 지려 동물병원에 데려갔더니 그런 진단이 나왔다. 강아지도 결석에 걸리는 줄 그때까지 몰랐다. 적잖은 수술비를 들여 수술을 받았다.

"오, 이렇게 큰 결석은 처음 보는데요. 미국 동물학회에 보내야겠어요."

수의사는 탁구공만한 결석을 내보이며 감탄했지만, 그것을 왜 외국의 학회에 보내야 하는지는 알 수 없었다. 그런데 일 년 만에 또 방광결석이 재발하고 말았다. 알고 보니 아내의 친구 집에서도 이미 한 차례 수술을 한 모양이었다.

"유전적인 측면이 있어요."

의사의 말을 들으며 강아지에게도 유전이 있는 줄 처음 알았다. 개도 사람과 다름없었다.

조금 뒤에 여자가 나타났다.

"우리 애 괜찮을까요?"

그녀는 여전히 사색이었으나 처음보다는 여유를 찾은 것 같았다. 그러나 내가 보기에 그녀의 애는 괜찮을 것 같지 않다. 흘리던 피는 멈추고 눈도 조금 떴지만 아무래도 심상치 않았다. 나는 결심하고 말했다.

"안락사 시키세요."

볼록이의 경우를 생각해서 나는 자신있게 말했다. 반려동물에게 고통을 주는 일은 정말 못할 짓이었다. 모두 그녀를 위해서 진정으로 한 말이었다. 그런데 그녀의 시선에 어느새 모가 서 있었다. 나는 그녀에게 설명할 필요가 있을 것 같았다.

"우리도 시추를 길렀는데……."

"듣기 싫어요!"

그녀는 내게 언제 강아지를 부탁했느냐는 듯 쌀쌀맞게 고개를 돌려 버렸다. 나는, 네 번 수술 끝에 시추를 안락사 시켰다는 말을 결국 하지 못하고 말았다.

2

까마귀의 울음소리가 더욱 잦아진 것 같았다. 한번 귀에 담긴 때문인지 이제는 수시로 귀를 파고들었다. 그 울림도 건조하고 퉁명스러운 걸 넘어 스산하고 심란한 느낌을 자아냈다.

나는 마음을 가라앉히는 데 시간이 좀 걸렸다. 그 사이, 나의 섣부른 참견을 자책하지 않을 수 없었다. 남의 강아지를 두고 그렇게 나설 게 아니었다. 안락사라니! 볼록이의 고통을 감안하더라도 함부로 입에 올릴 말이 아니었다.

사실 아내의 불면증도 볼록이의 안락사 후유증 때문이었다. 그녀는 아직도 그 슬픔과 충격에서 벗어나지 못하고 있었다. 그래서 나는 아내에게 공원에서 있었던 일을 숨겼다.

그러고 보면 공원 입구에서 여자와 마주친 건 불행한 일이었다. 왜 하필 사고를 당한 강아지란 말인가. 그 바람에 강아지를 맡게 되고, 소매에 피까지 묻히고, 볼록이의 아픈 기억까지 떠올리지 않았던가. 그렇게 거슬러 올라가면 사실 까마귀의 발견부터가 심상찮은 일이었다.

겨우 마음이 진정되자 나는 다시 공원으로 나갔다. 아침과 정오의 사이였다. 아침나절이면 너도나도 덩달아 워킹을 해대는 사람들이 보이지 않아 다행이었다. 나는, 그들이 티브이에 나오는 에어로빅 강사처럼 과장되게 두 팔을 흔들며 부지런히 걷는 모습을 보면 민망한 생각을 거둘 수 없었다. 그들의 얼굴에는 이렇게 씌어 있었다. 나는 백 살까지 살겠소! 그렇게 오래 살아도 되는 것일까. 자신을 이해했던 사람들이 다 가고 만 세상에 홀로 남겨져 뭘 하겠다는 것인가. 그들은, 오래 남겨진다는 게 얼마나 위태로운가를 알지 못하는 듯했다. 그들은 평균수명은 안중에도 없었다. 또, 한 사람의 오랜 수명은 다른 사람의 짧은 수명과도 연관이 있다는 사실을 당연히 외면했다.

마침 그런 사람들이 사라진 시각이라 공원은 조용했다. 나는 이 시각의 공원을 좋아했다. 만약 그럴 수만 있다면 공원 출입자에게도 운전면허증처럼 자격증이 있다면 얼마나 좋을까 싶었다.

그 사이, 공원 연못가에 노란색과 보라색의 꽃창포가 활짝 피어 있었다. 연못 속에서 개구리가 울자 가장자리 꽃창포가 화르르 떨면서 공원의 고요가 한층 깊어지는 듯했다. 나는 그런 고요를 사랑했다. 그래서 그 고요 속에서 꽃을 바라보고 있을 때면, 세상 사람들이 왜 그렇게 부산을 떠는지 궁금했다. 지금 그들은 요란하게 어디를 향해 달려가고 있을까. 이런 고요를 그들 모르게 나만 즐기는 듯해서 미안한 생각마저 들었다.

그런데 그 평화 속에 별안간 불청객처럼 까마귀 소리가 끼어들었다. 까옥까옥, 까옥까옥……. 그것은 어떤 고요나 평화도 용납하지 않겠다는 듯이 단호했다. 나는 환한 꽃과 어두운 소리의 부조화에 그만 아뜩해진 채 연못가 벤치 위에 털썩 주저앉고 말았다.

그때, 울금향 화단을 돌아 한 사내가 나타났다. 그는 몹시 수척하고 근심스런 모습이었다. 그는 내가 앉은 벤치 옆을 지나 연못가로 다가갔다. 그는 목책 위에 두 손을 올려놓고 물끄러미 수면을 응시하고 있었다. 그의 굽은 등이 완강하게 내 쪽을 향하고 있어서 그의 표정은 살필 수 없었다. 그도 까마귀 울음소리를 들었는지는 알 수 없었다. 그는 연못가 꽃창포에 관심을 기울일 여유가 없는 듯했다. 그는 무엇에 몰두한 사람 같았다. 어쩌면 아내처럼 슬픔에 빠져 있는 사람인지도 몰랐다.

그때였다. 갑자기 어디선가 월광소나타의 선율이 울렸다. 나는 공원 화단 바닥에 키 작은 연돌처럼 다붙어 있는 스피커 쪽을 돌아보았다. 그러나 그쪽이 아니었다. 한참 더 선율이 계속된 뒤였다. 사내가 화들짝 돌아서서 목책을 등진 채 휴대폰을 꺼내 들었다. 음악이 멈췄다. 그는 잠자코 휴대폰에 귀를 맡기고 있었다. 한참만에 그가 말했다.

"대체 언제 끝날 것 같아요? 너무 고통스러워요."

나는, 그가 누구에게 무슨 뜻으로 하는 말인지 알 까닭이 없었다. 그는 처음 만난 사람이었다. 그런데도 그의 통화를 듣는 순간, 어느새 그의 말이 여자의 강아지와 연결되어 있었다.

―아아, 요크셔테리어가 아직도 숨을 쉬고 있구나!

그러니까 사내는 그녀의 남편이었다. 그리고 그 전화는 동물병원에서 걸려온 전화였다. 너무도 엉뚱한 추측이었다.

갑자기 목책에 기대섰던 사내가 흐느끼기 시작했다. 그는 구부정한 어깨를 심하게 들먹거렸다. 나는, 그가 편히 울기 위해 얼른 벤치에서 일어났다.

3

까마귀의 울음소리가 더욱 극성스러워진 게 사실이었다. 밤과 낮을 가리지 않는 것 같았다. 그에 따라 아내의 상심도 더욱 깊어졌다. 그런데 그 소리에 익숙해진 탓인지 내 귀엔 어느새 친숙한 느낌이었다. 나는 나의 귀를 이해할 수 없었다.

아침 일찍부터 위층 누군가가 이사를 하는 모양이었다. 사다리 위아래로 시끄럽게 이삿짐 수레가 오르내렸다. 그 소음이 귀를 괴롭혔다.

"위층에 누가 이사를 가는가 보군."

"까마귀 때문일 거예요."

아내의 단정에 나는 머리끝이 쭈뼛해져 버렸다. 대체 무슨 근거인지 알 수 없었지만, 그녀의 말은 확신에 찬 듯했다. 나는 구태여 아내의 확신을 깨뜨리고 싶지 않아서 슬그머니 집을 빠져나왔다.

다행히 공원은 조용했다. 나는 입구의 벤치를 살펴보았다. 요크셔테리어가 피를 흘리며 쓰러져 있던 자리에는 아무런 흔적도 없었다. 울금향 화단을 지나 연못가로 갔다. 흐느끼던 사내도 보이지 않았다. 꽃창포만이 여전했다. 그리고 보면 공원이 평화를 되찾은 것 같았다. 마침 까마귀도 울지 않았다. 설령 까마귀가 운들 이 평화로운 공원에 무슨 일이 일어나겠는가. 강아지의 일은 심란한 마음이 불러온 일종의 해프닝에 지나지 않았다.

돌아와 보니 그 사이에 이사가 마무리되고, 경비실 옆 빈 공터에 버리고 간 세간이 가득 쌓여 있었다. 이사를 하면 꼭 저렇게들 남기고 갔다. 그 버림받은 세간들을 둘러보다가 이번에야말로 까무러치듯 놀라고 말았다. 소파와 침대, 옷장과 함께 버려져 있는 화장대 앞에 까마귀 한 마리가 거울을 들여다보고 있는 게 아닌가. 아, 지상에 내려온 까마귀! 햇살이 비낀 환한 거울 속에 까만 새의 전신이 걸려 있었다. 땅 위에 내려

앉은 까마귀는 날아다닐 때보다 엄청나게 커 보였다. 나는 온
몸에 소름이 돋으며 전율이 일었다. 그 순간, 온 아파트 단지
가 한 마리 까마귀에게 점령당한 느낌이었다. 그 음험한 점령
자를 사람의 힘으로는 도저히 물리칠 수 없을 것 같았다. 그렇
게 단호하고 강인해 보였다.

　다행히 나이든 경비원이 경비실 밖에 나와 있었다.

　"아저씨, 저기 좀 봐요."

　나는 떨리는 손으로 까마귀 쪽을 가리켰다.

　"아니, 저놈이!"

　그가 바닥에 떨어져 있던 야구공을 집어들었다.

　"밤낮 기분 나쁘게 울어대더니 이제 여기까지 내려와?"

　경비는 까마귀를 향해 힘껏 공을 던졌다. 쨍그랑, 거울이
깨지고 푸드득, 까마귀가 날아오르고 화들짝, 거울 속의 햇살
이 부서졌다. 어느 쪽이 먼저인지 알 수 없게 동시에 일어났
다. 한순간, 주위가 바닥 모를 정적 속으로 가라앉는 듯했다.

　집에 돌아가자, 들어서기 무섭게 아내가 말했다.

"이사 가는 집에서 강아지를 잃어버렸대요."

나는 다시 머리끝이 곤두섰다. 또 강아지라니!

"결국 못 찾고 떠났대요."

그러자 떠오르는 게 있었다. 아까 공원 연못가에 앉아 있을 때 하얀 말티즈 한 마리가 붉은 목끈을 매단 채 허둥지둥 달려가는 걸 본 것 같았다.

아내가 약을 먹고 잠든 뒤, 나는 혼자 식탁 앞에 앉아 막연히 뭔가를 기다리고 있었다. 그 대상이 무엇인지는 분명치 않았지만 기다림만은 틀림없었다. 어쩌면 길 잃은 강아지인지도 몰랐다. 어떻게든 이사한 집을 찾아서 돌아가게 하리라. 시간이 얼마나 지났을까, 놀이터의 아이들 훤소도 그쳤다. 그때였다. 똑똑, 노크소리가 난 것 같았다. 나는 천천히 현관문을 열었다. 그러나 아무것도 보이지 않았다. 어둠뿐이었다. 나는 그 어둠 앞에서 기다렸다. 이윽고 어둠을 뚫고 까마귀 소리가 날아왔다.

등뼈

1

쨍그랑! 접시가 자로 잰 듯 정확히 두 쪽으로 갈라지며 날카로운 소리가 났다. 그는 막 아내의 밥상을 내와 설거지를 하다가 그만 그릇 하나를 깨뜨리고 말았다. 뭘 또 깼어요? 그의 실수에 대한 아내의 확인이 있을 법도 한데 방에서는 조용하다. 이미 수차례 반복되다 보니 지쳤는지도 모른다. 아내는 묻지 않았지만, 접시의 등뼈가 갈라졌어, 하고 그는 속으로 대답했다.

아내가 허리를 다쳐 자리보전을 하게 된 것은 전적으로 자신 때문이었다. 지난 가을이었다. 누가 아파트 화단에 관상수 화분 하나를 내다놓았다. 햇살을 받게 하려고 잠시 내다놓은 줄로 알았다. 그런데 가을이 다 가도록 들여가지 않았다. 이미 잎이 다 지고 줄기만 남아 있었다. 그러다가 갑자기 한파주의보가 내렸다. 그 다음날 보니, 화분에 금이 가고 분의 흙이 꽁꽁 얼어 있었다. 그제야 화분을 처음부터 내다버렸다는 걸 알았다.

갑자기 기온이 뚝 떨어지면서 겨울이 앞당겨진 듯했다. 전날의 한파로 화분에 금이 갔으니 관상수가 온전하지 못할 것은 뻔했다. 그래도 그대로 두기는 안쓰러웠다. 그는 깨진 분에서 꽁꽁 언 흙과 한덩어리가 된 나무를 꺼내 집으로 가지고 들어왔다. 빈 분이 없어 우선 플라스틱 통에 담아 거실 한쪽에 놓아두었다. 분이 있어도 흙이 얼어붙어서 당장 분갈이를 할 수도 없었다. 아내도 이미 그 화분을 알고 있었던 모양이었다.

"얼어 죽었을 텐데 그걸 왜 가져왔어요?"

"아직 몰라."

"이 한파에 온전하겠어요?"

"그렇더라도, 모든 죽어가는 것을 사랑해야지."

"누가 시인 아니랄까 봐서……."

그는 누구보다 나무를 사랑했지만 관상식물에 대해서 잘 알지 못했다. 그래서 화분의 관상수도 무슨 나무인지 알 수 없었다. 인터넷을 뒤진 끝에야 그는 그것이 해피트리라는 걸 알았다. 관상수의 학명은 Heteropanax fragrans인데, '서로 다른(hetero) 모든 것(pan)을 치유하며(axo) 향기를 내뿜는다(fragrance)'라는 의미라고 설명되어 있었다. 그러나 학명보다는 흔히 해피트리, 또는 행복나무로 불린다는 것이었다.

그는 아내에게 자랑스레 말했다.

"이 나무가 행복나무래."

"행복나무라고 한파를 이겨요?"

그래도 그는 희망을 걸고 싶었다. 행복나무라 쉽게 죽을 것 같지 않았다. 특히 관상수의 학명이 가진 뜻 때문에 더욱 그랬다. 서로 다른 모든 것을 치유하며 향기를 내뿜는 나무라니!

"우리 내기할까?"

아내가 잠자코 쳐다보았다.

"이게 살아나면 당신이 내 소원 들어주기, 그렇지 못하면 내가 당신 소원 들어주기."

"누구의 소원이든 소원 하나는 풀게 되겠군요."

"그 소원이 뭔지 벌써부터 궁금하지 않아?"

그런데 며칠 후였다.

이번에는 아내가 화분 하나를 들고 들어왔다. 이번에도 아파트 화단에 버려져 있었다는 것이다. 화초는 용설란의 일종으로 보이고, 화분은 고급스럽게 생긴 인테리어 분이었다. 화분은 말짱한데 화초는 잎이 떨어지고 줄기만 남아 있었다. 이 화분 역시 한파의 피해를 입은 게 분명해 보였다.

"이걸 왜 가지고 왔어?"

"당신이 하나 들고 왔으니, 나도 하나 들고 왔지요."

"또 내기를 하자는 건 아니겠지?"

그는 다시 인터넷을 뒤졌다. 화초는 용설란과에 속하는 아
가베 아테누아타로 원산지가 멕시코였다. 그는 화초의 이름
과 원산지를 아내에게 알려주었다.

"고급 관상수라 비싸다는군."

"그런데 왜 버렸지요?"

"멕시코에선 흔하다는군."

아내는 아무 말이 없었다.

"그런데 백 년 만에 꽃을 피운대."

"꽃을 기다리다 지쳐서 버린 건 아니겠죠?"

그러다가 아내가 진지하게 말했다.

"내기를 하지 않을 수 없군요."

그는 잠자코 아내의 얼굴을 쳐다보았다.

"살아나면 찾아가기로 해요."

"어디로?"

"멕시코."

일찍 침노한 겨울 때문에 그들은 생각지도 못한 내기를 두

가지나 하고 말았다. 사느냐, 죽느냐, 그것이 문제였다. 어쨌
든 흥미진진한 일이었다. 어떤 것에 매달려 볼 수 있다는 것만
으로도 얼마나 희망적인가. 오랜만에 무채색의 일상에 신비
로운 유채색이 칠해지는 느낌이었다.

그런데 내기의 결과를 보기도 전에 불상사가 생기고 말았
다. 그것은 해피트리가 불러온 언해피한 일이었다. 아내가 플
라스틱 통에 담겨 있는 행복나무를 위해 화분을 구해 오다가
아파트 계단 턱에 걸려 넘어진 것이다. 아내는 겨우 집까지 기
어 들어와서는 꼼짝도 못했다. 그런 가운데도 들고 온 화분은
용케도 멀쩡했다.

"대체 이 화분은 뭐 하려구?"

"해피트리의 화분으로 알맞을 것 같아서……."

"살지 죽을지도 모르는 것 때문에 허리까지 다쳐?"

그는 놀라 화가 난 나머지 아무렇게나 말했다.

"내기까지 해놓고 그게 무슨 소리예요?"

"봄에 새잎이 돋는 걸 보고 구해도 되는 거 아냐."

"미리 화분을 준비해 두면 더 잘 살지 누가 알아요."

아내는 내기와는 상관없이 해피트리의 생존을 그보다 더 열망하고 있음에 틀림없었다. 그러나 그것이 아내에게 행복이 아니라 불행을 가져온 셈이었다.

"사람이 넘어졌는데 화분은 어떻게 멀쩡하지?"

"그러니까 해피트리의 화분이지."

하룻밤 자고 일어나면 나으려니 했는데 이튿날 아내는 더 꼼짝하지 못했다. 119의 도움으로 가까운 종합병원 응급실로 실어 갔더니 압박 골절이라는 것이었다. 골다공증에다 부실한 척추가 문제였다. 아내의 등뼈가 무너진 것이다.

아내는 일주일 만에 퇴원했다. 그리고 허리 보조기를 한 채 누워 있는 중이었다. 그동안 식사와 설거지, 청소는 고스란히 그의 차지가 되었다. 그리고 그릇 몇 개를 작살내는 중이었다.

2

겨울은 길고 지겨웠다. 보조기와 보행기와 함께한 아내의 동면도 지루하고 답답하기는 마찬가지였다. 그로서는 속수무책이었다. 척추의 골절이 제대로 붙을 때까지 기다리는 수밖에 없었다. 그 사이에 아내는 입맛도 잃은 것 같았다. 들여간 밥을 그대로 남겼다.

어느 날, 아파트 입구에 봉고트럭이 와서 스피커로 외쳐댔다.

"자, 굵고 맛좋은 영광굴비를 아주 싸게 팔고 있습니다……."

아내는 굴비를 무척 좋아했다. 굴비라면 잃어버린 아내의 입맛을 돌려놓을 수 있을지도 모른다는 생각에 그는 밖으로 나갔다.

굴비는 선전과는 달리 굵은 편은 아니었다. 트럭에 실려 온 물건이니 상등품일 리도 없었다. 그렇다고 맛까지 없으란 법은 없었다. 백화점의 상품이 아니라고 아내가 실망하지도 않을 것이었다.

"이거 영광굴비 맞아요?"

영광굴비가 왜 좋은지도 모르면서 그는 굴비장수에게 다짐
받듯 물었다.

"그럼요, 법성포에서 바로 온 겁니다."

"틀림없어요?"

내친 김에 그는 다시 한 번 확인했다.

"본적이 법성포라니까요!"

굴비장수는 굴비의 본적이 법성포라고 자신있게 말했다.
굴비도 본적이 있다니! 그는 신기한 생각이 들었다. 그러나 법
성포에서 나는 굴비가 얼마나 많아서 이 강북의 아파트 구석
까지 왔을까. 그는 의심이 들었으나 굴비의 본적을 아내에게
알려주기 위해서 한 두름을 샀다. 그를 위해 아내가 굴비를 사
온 적은 있었으나 아내를 위해 그가 굴비를 사기는 처음이었
다.

그는 저녁 반찬으로 굴비 몇 마리를 구웠다. 아내가 다치기

전까지는 주방과 담을 쌓고 지낸 터라 고기를 손수 굽기는 처음이었다. 그는 가스레인지 사용에 익숙지 못해 고기를 조금 태웠다. 저녁밥과 함께 들여간 새까만 굴비를 보더니 아내의 눈이 둥그레졌다.

"생선 굽는 냄새가 난다 했더니 웬 굴비예요?"

"당신, 굴비도 본적이 있다는 걸 알아?"

"본적이라니요?"

"나도 처음 들었어. 이 굴비의 본적이 법성포래."

"그래서 샀어요?"

"신기하잖아, 물고기도 본적이 있다니."

당신 입맛 찾아주려고 샀어, 하고 그는 곧이곧대로 말하기 쑥스러웠다.

그러나 굴비도 아내의 입맛을 돌리지 못했다. 아내는 그 좋아하는 굴비를 겨우 한 젓가락 떼는 듯하다가 물렸다.

"당신 안주나 하세요."

그는 식탁에 앉아, 아내가 남긴 굴비를 앞에 하고 막걸리 잔을 채웠다. 요즘은 그에게 막걸리가 유일한 낙이었다. 이 시련기에 막걸리라도 없었다면 어떻게 되었을까. 그는 막걸리 한잔을 비우고 굴비에 젓가락을 가져갔다. 젓가락에 살점을 떼인 고기는 다 자라지 못한 새끼 조기였다. 조기는 가스불에 구운 채 입이 반쯤 벌어져 있었다. 그리고 동공 없는 눈으로 마치 그를 바라보고 있는 듯했다.

그는 잠시 젓가락을 멈추고 생각했다. 조기는 어느 바다에서 태어났을까, 그리고 어쩌다 다 자라지도 못하고 잡혔을까, 그리고 어쩌다 소금에 절인 굴비가 되었을까, 그리고 어쩌다 차에 실려 이 아파트까지 오게 되었을까, 그리고 어쩌다 이렇게 구운 채 내 앞에 놓이게 되었을까?

그러자 뒤이어 해피트리와 아가베 아테누아타의 존재가 연상으로 떠올랐다. 그것들 또한 마찬가지였다. 그들은 어느 화원에서 자라났을까, 그리고 어쩌다 팔려 나가게 되었을까, 그리고 어쩌다 누구에겐가 버림받게 되었을까, 그리고 어쩌다 아내 눈에 띄게 되었을까, 그리고 어쩌다 이렇게 내게까지 하게 되었을까?

모든 것이 우연의 연속이었다. 그리고 모든 것이 불확실할 뿐이었다. 그는 별안간 아득하고 막막한 느낌이었다. 그것은 미지에 대한 막연한 두려움을 불러왔다. 그는 얼른 막걸리 한 잔을 따라 단숨에 비우고, 굴비 한 마리를 손으로 잡고 통째로 씹었다.

어느 순간 아작, 하고 조기의 등뼈 씹히는 소리가 났다. 아래위 어금니 사이에서 뼈가 부서지며 나는 소리였다. 그것은 무자비하기 이를 데 없었다. 그는 순간적으로 아내의 등뼈가 다시 부러지는 듯한 착각에 진저리를 쳤다. 그리고 그 모든 우연과 두려움의 끝에 아내의 부서진 등뼈가 있다는 사실을 깨달았다. 아, 아내의 등뼈는 다시 옛날로 돌아올 수 있을까!

그날 밤, 그는 막걸리의 취기 속에서 어린 조기를 위해 한 편의 시를 썼다.

굴비

트럭에 실려온 영광굴비
본적이 법성포라고 한사코 우겼지만
독작의 안주로 삼는데
영산포면 어떻고 성산포면 어떠랴
다만, 다 자라지도 못하고
물 마른 몸으로
천일염에 절린 채
내게로 온 어린 조기
가스불에 전신을 굽히고도
감지 못한 저 눈
그 눈에서 슬픔을 읽었다 한들
무슨 위로가 되랴
그 눈에서 문득 바다를 보았다 한들
내 어쩔 수 있으랴
아작, 어금니 사이에 씹히는 이 등뼈의 비명을

3

마침내 길고 지겨운 겨울도 끝난 듯했다. 베란다로 나가 보니 햇살이 몰라보게 도타웠다. 겨우내 거실에 들여놓은 화분들을 이제는 내다놓아도 좋을 것 같았다. 소피아고무나무, 선인장, 관음죽, 크루시아, 인삼벤자민…….

그것들을 차례대로 들어다 베란다에 내놓고 그는 잠시 망설였다. 아직도 거실 한쪽에 놓인 해피트리와 아가베 아테누아타 때문이었다. 저들도 살아있는 다른 화분 옆에 함께 내놓는 게 좋을까. 그들은 여전히 생사의 기로에 선 헐벗고 위태로운 모습이었다. 아직은 거실이 베란다보다 더 따뜻할지 모르지만 그들이 살아나려면 봄기운이 더 필요할지도 모른다.

그는 문득 생각했다. 해피트리와 아가베 아테누아타도 본래는 튼튼한 등뼈를 지니고 있었으리라. 그것이 한파에 치명적인 손상을 입었다. 다시 싹을 틔우고 잎을 피우려면 등뼈가 살아나야 한다.

그 등뼈의 부활을 간절히 바라며 그는 아직은 빈사 상태의 두 화분을 햇살 속으로 옮겨갔다. 그들의 등뼈가 부활하면 아내의 등뼈도 튼튼하게 돌아오리라. 그러면 누군가의 소원이 이루어지고, 아내와 함께 멕시코 행 비행기에 오를 수 있을지도 모른다.

그는 봄이 오듯 오직 거기에 희망을 걸어보기로 했다.

사랑의 전설

고하노니, 둘은 둘이라
우리의 나눌 수 없는 사랑은 하나이로되.
　　　　　　－셰익스피어의 「소네트」 중에서

1

역사驛舍 밖으로 길손 하나가 걸어 나왔다. 바로 전에 경춘
선 전철이 멈추었다 떠났다. 그는 마치 타임머신에서 막 내려

선 사람처럼 몹시 생경하고 막막한 얼굴이었다. 그는 그런 모습으로 자신이 방금 빠져 나온 역사를 올려다보았다. 김유정역. 우아하고 말끔한 한옥 건물은 개통된 지 얼마 되지 않은 복선 전철에 맞춰 새로 들어선 모양이었다.

그러고 보면 낯설 만도 했다. 그러나 그의 막막한 모습은 꼭 그 때문만은 아닌 듯했다. 그의 얼굴에 잠시 복잡한 표정이 떠올랐다. 그것은 놀라움 같기도 하고, 기쁨 같기도 하고, 부끄러움 같기도 하고, 슬픔 같기도 하면서 그 모두를 합쳐 놓은 것 같기도 했다.

한참 뒤, 길손은 역두를 벗어나 마을 쪽으로 걸어갔다. 마을 안쪽에서 달려 나오던 개 한 마리가 그를 보더니 컹컹, 짖다가 그냥 지나쳤다. 그는 여전히 막막한 얼굴이었지만 마을에 대해서만은 꽤 익숙한 듯했다. 그는 잠시 걸음을 멈추고, 오랜 기억을 더듬듯 아득한 시선으로 마을 이쪽저쪽을 살펴보았다.

마을로 들어서자 초입에 돌담장으로 둘러싸인 기와집과 초가집과 정자가 나타났다. 담장 너머로 우뚝 솟은 동상도 보였다. 길손은 그 앞의 정문으로 다가가, 문루의 처마 밑에 걸린 현판을 올려다보았다. 김유정문학촌. 마침 추모제 현수막이 내걸려 있었다. 바로 다음날이었다. 그의 얼굴에 아까 역사를 올려다보았을 때처럼 복잡한 표정이 다시 떠올랐다. 대문은 열려 있었다. 잠시 주춤거리던 그의 모습이 문학촌 안으로 빨려 들어갔다.

기와집은 기념전시관이었다. 오래된 낡은 책들과 잡지, 사진, 편지, 영상물 등이 전시되어 있었다. 전시관 옆 마당에는 연못과 정자가 있고, 작가의 동상이 서 있었다. 그리고 그 뒤쪽에 있는 초가집은 복원된 작가의 생가였다. 그것을 차례로 둘러보는 동안 길손의 표정에는 하나가 더해진 듯했다. 회한에 찬 고통의 빛이었다. 마침내 길손은 생가 옆의, 노랗게 꽃망울을 터뜨린 생강나무 앞에 털썩 주저앉고 말았다.

한참 뒤에야 문학촌을 나온 길손의 얼굴에 고통의 빛이 더욱 짙어 보였다. 그의 발길이 서두르듯 마을 위쪽을 향했다.

그는 익숙한 고샅길을 오르듯 마을길을 올랐다. 마을 뒤쪽에 산이 있고, 금병산이라는 팻말이 화살표의 형상으로 그쪽을 가리키고 있었다. 벌써 석양 나절이었다. 이른 봄날의 황혼이 산등성이에 비껴 있었다. 그는 그것도 아랑곳없이 숨기라도 하듯 산속으로 사라졌다.

길손이 다시 모습을 드러낸 것은 해가 지고 난 뒤 주막집 〈산골 나그네〉 앞이었다. 아름드리 느티나무 옆의 그 집은 신기하게도 옛 주막의 정취를 고스란히 간직하고 있었다. 그래서 어둠 속으로 새어 나오는 은은한 불빛은 지나간 시절의 옛이야기를 전설처럼 되살려 놓을 것도 같았다.

길손이 주막집 안으로 들어가 한쪽 자리에 앉자, 오래지 않아 고운 은발을 가르마 타서 쪽 찐 여인이 술상을 차려 들고 나와 그의 앞에 앉았다. 혼자생각에 몰두해 있다가 고개를 들어 무심코 여인을 바라보던 길손의 두 눈이 화등잔처럼 벌어졌다.

—녹주, 당신이 여기 웬일이오?

—누군가를 기다리고 있었지요.

—그가 올 걸 어떻게 알았소?

—안 오고 어쩌겠어요.

여인이 술병을 기울여 잔을 채웠다. 길손은 목이 탔던지 단숨에 술잔을 비웠다.

—이렇게 다시 만나다니, 생각도 못했소.

—인연이 미처 다하지 않은 때문이겠지요.

한순간 길손과 여인은 한없이 그윽한 눈길로 서로의 얼굴을 우러렀다. 길손의 머리는 아직도 새까맣고, 여인의 머리는 벌써 백설이었다. 그러나 그 흑백의 대비가 조금도 어색하지 않고 너무도 조화로웠다. 두 사람은 마치 이런 조화를 기다려 오랫동안 떨어져 있었던 사람들 같았다.

—모든 걸 두고 떠난 이곳에서 녹주를 만나다니 운명 같소.

—그래서 당신도 나도 어쩔 수 없는 산골 나그네지요.

여인은, 오래 기억 속에 남은 그의 소설 「산골 나그네」의

헐벗고 굶주린 유랑녀를 문득 떠올리고 있었다. 그때는 몰랐지만 그녀가 바로 자신이었다.

길손과 여인의 쌓인 회포는 더욱 은밀해진 불빛 속에서 끊어지듯 이어지는 대화로 풀려갔다. 그것은 세월을 건너뛰고 세상을 가로질렀다. 그러는 사이에 어느덧 밤이 깊었는지 느티나무 꼭대기에서 부엉이가 울었다.

2

김유정문학촌이 가까워지자, 이경철 기자는 전화로 들은 전상국 촌장의 말이 되살아났다.

—아무래도 선생님이 오신 것 같소.

—선생님이라면요?

—유정이지 누구겠소.

촌장의 말은, 추모제 행사를 취재하게 된 이 기자를 위해 꾸민 허풍이 전혀 아닌 것 같았다. 촌장은 본래 그런 허튼 사람이 아니었다. 이 기자는, 촌장이 추모제 행사에 그만큼 신경을 쓰고 있는 때문일 거라고 혼자 짐작했다.

이번 추모제에는, 경건한 의례에 그칠 것이 아니라 축제의 마당으로 만든다는 본래의 취지에 따라 특별행사로 창극唱劇 공연이 예정되어 있었다. 〈사랑의 전설〉이 그것인데, 김유정과 박녹주의 애절한 사랑을 창극으로 꾸민 것이었다. 불운한 작가와 아름다운 명창의 이루지 못한 사랑은 당시에도 장안의 화제였고, 뒷날에는 예술을 사랑하는 모든 이들에게 안타까운 비련으로 자리잡고 있었다. 이 기자는 그 창극을 취재하기 위해 문학촌을 찾아가는 길이었다. 그는 새삼 두 사람의 전설을 돌이켰다.

김유정과 박녹주의 사랑은 실은 김유정의 일방적인 짝사랑이었다. 연희전문을 다니던 스무 살 청년이 목욕을 하고 나오는 한 여인을 보고 한눈에 반한다. 그녀에게서 일찍 여읜 어머니의 모습을 본 것이다. 청년의 연모는 불 같지만 여인의 태도는 얼음 같다. 그녀는 소문난 명창에다 기생의 신분이다. 청년이 사랑의 편지를 수없이 보내지만 반응이 없다. 청년은 혈서까지 써서 보낸다. 그래도 여인은 요지부동이다. 청년이 찾아가 울며 매달려도 소용없다. 그런 어느 여름날, 청년은 여인을 마지막으로 찾아간다. 여인이 청년을 타이른다. 지금은 학생이 아니오. 공부를 마치고 다시 찾아주시오. 그리고 두 사람은 처음으로 멀리까지 함께 걷는다. 그것이 끝이었다.

이 기자는 두 사람의 애절한 사랑도 사랑이지만, 작가 김유정과 명창 박녹주의 삶과 예술에 더 많은 흥미를 느꼈다. 단순히 문화부 기자 때문이어서만은 아니었다. 두 사람의 삶과 예술에 본인들은 전혀 생각지도 못했을 공통점이 존재하기 때문이었다.

즉, 유정의 토속어에 대한 집착과 녹주의 판소리 원형에 대한 고집은 너무도 닮은 예술혼이었다. 전자의 소설 몰입과 후자의 판소리 몰두가 두 사람의 삶에 있어서 유일한 자기구원의 수단이었다는 점에서도 너무 흡사했다. 그래서 비록 두 사람의 사랑은 이루어질 수 없었지만, 그들은 숙명적으로 같은 끈에 함께 묶여져 있었다. 그리고 버림을 안겨준 녹주를 잊고 자신을 일으켜 세우기 위한 몸부림이 유정의 소설이었다면, 매몰차게 내친 유정에 대한 후회와 진혼의 절규가 녹주의 소리라고 그는 생각하고 있었다.

추모제의 의례는 정해진 절차에 따라 문학촌 마당 작가의 동상 앞에서 치러졌다. 무용단의 추모무를 시작으로 동백꽃 헌화, 분향, 동백차 올리기, 고인의 약력 소개, 추모사, 추모글 낭독 등의 순서로 이어졌다. 술을 올리는 대신 차를 바치는 것이 이채로웠지만, 이 기자는 이런 형식적인 의례에는 관심이 없었다. 그의 취재 목적은 특별행사인 공연에 있었다.

공연이 시작되기 전에 이 기자는 바쁜 촌장을 잠시 만났다.

―유정이 왔다는 건 무슨 말씀입니까?

―내 느낌이지만 분명한 것 같소.

―공연을 보시려고 오셨을까요?

―어쩌면.

촌장은 유정의 신도답게 너무도 진지한 모습이었다. 그래서 이 기자는 일부러 가볍게 물었다.

—자신의 실패한 사랑을 확인하시려고?

—실패가 아니라 완성이겠지.

촌장은 본래도 진중하지만 오늘은 더욱 그래 보였다.

—무슨 계시라도 있었나요?

—편지 위에 눈물 자국이 나 있었소.

—편지라면?

—유정의 마지막 편지 말이오.

그 편지는, 김유정이 폐결핵과 싸우다가 죽기 직전에 친구 안회남에게 보낸 것이었다. 실제로 피를 토하면서, 피를 토하듯 쓴 편지였다. 이 기자는 그 편지의 절박한 한 구절과 함께 슬픈 작가를 떠올렸다.

나는 참말로 일어나고 싶다. 지금 나는 병마와 최후 담판이다. 홍패가 이 고비에 달려 있음을 내가 잘 안다.

촌장과 헤어지자, 이 기자는 전시관으로 가서 편지의 눈물 자국을 직접 확인해볼까 하다가 그만두었다. 어쩐지 촌장의 진정성을 의심하는 듯한 느낌 때문이었다. 어쩌면 눈물 자국 같은 것은 없을지도 모른다. 그렇다고 해도, 유정에 대한 촌장의 사무침이나 이 추모제에 쏟고 있는 촌장의 정성과는 아무 상관 없었다.

공연은 생가의 마당에서 벌어졌다. 유정과 녹주로 분한 배우들의 열연과 창이 잘 어우러진 숙연한 무대였다. 노란 생강나무꽃이 내려다보는 마당에서 유정과 녹주의 슬픈 사랑이 절절한 창으로 이어지면서 서러서리 관객들의 가슴에 쌓여 갔다.

공연이 이어지는 동안, 이 기자는 촌장의 말이 옳았다는 것을 깨달았다. 유정과 녹주의 사랑이 그의 말대로 마침내 완성되어 가는 것을 생생히 실감하고 있었다. 지금 두 사람이 다시 만난다면 그들은 두 손을 꼭 잡고 있을 것이 틀림없었다.

이 기자는 자신도 모르게 주위를 둘러보았다. 어쩌면 유정과 녹주가 여기 어디 관객들 사이에 섞여 있을지도 몰랐다. 그러나 그의 눈에 두 사람의 모습은 띄지 않았다. 대신 창의 한 가락이 그의 가슴을 아프게 후려쳤다.

> 뉘 알리 우리 사랑
> 눈물이로구나, 눈물이로구나
> 뉘 알리 우리 인연
> 영원이로구나, 영원이로구나

3

추모제를 찾았던 사람들이 모두 흩어진 저녁나절, 길손과 여인이 역 플랫폼에 나란히 앉아 있었다. 다른 사람은 아무도 없었다. 두 사람은 손을 꼭 잡고 있었다.

길손이 먼저 입을 열었다.

−마지막 그 여름밤을 기억하오?

　그토록 연모했던 여인과 처음이자 마지막으로 함께 걸어갔던 까마득한 지난날을 길손은 떠올리고 있었다. 두 사람은 청계천 수표교까지 걸어갔었다.

　−야시장의 그 불빛이 아직도 선한걸요.

　마침 어둠이 깔린 청계천 옆에 야시장이 서 있었다. 여인은, 야시장의 불빛을 하염없이 바라보던 스무 살 청년과 그 눈에 타고 있던 불꽃을 생생하게 기억하고 있었다.

　−불빛 속에서 두 갈래 길을 보았소. 결코 마주칠 수 없는⋯⋯.

　−나도 알았어요, 다시는 찾아오지 않으리란 걸.

　두 사람 사이에 침묵이 이어졌다. 그러다가 어느 순간, 여인의 입에서 가만히 소리가 흘러나왔다.

　백발이 섧고 섧다
　백발이 섧고 섧네

나도 어제 청춘일러니
오늘 백발 한심하다
......

소리가 끝나자 길손이 여인의 얼굴을 들여다보며 말했다.

―백발이 섦은 것만은 아닌 것 같소. 풍상이 있어서 더욱 아름답소.

멀리서 레일을 울리는 전동차의 바퀴 소리가 들려왔다.

둘레길 돌다

1

그곳에서 느티나무를 발견하리라고는 생각지도 못했다. 전
혀 뜻밖의 만남이었다. 둘레길이 생기고 나서 그 부근을 자주
돌았으나 그쪽으로 가기는 처음이었다. 그곳은 좀 후미진 곳
이었다. 꽃 터지는 봄날을 맞아 후배와 함께 도봉산 입구를 거
쳐 도봉옛길을, 정해 놓은 목적지도 없이 걷다가 발길 다다른
곳이 거기였다. 그곳은 도봉산 자락의 오래된 자연부락이었
다. 안내판을 통해 그곳이 5백 년 전부터 내려오는 무수골이

라는 걸 알았다. 뜻을 새기자면 무수無愁, 곧 근심이 없는 마을이었다.

느티나무를 발견하는 순간 저절로 발걸음이 멈춰졌다. 아, 여기도 저 고목이 남아 있었구나! 나는 설렘을 넘어 전율을 느꼈다. 그것이 다른 나무도 아닌 느티나무였기 때문이다. 둘레길이 더 이어져 있었지만 걸음이 떼어지지 않았다.

마침 고목이 선 둔덕 아래 술과 안주를 파는 가게가 있었다. 나는 후배의 동의를 구하지도 않고, 가게 앞에 마련된 자리에 먼저 앉았다. 오랜만에 둘레길을 돌아 다리도 아프고 목도 마르던 참이라 핑계가 좋았다. 막걸리와 파전을 시키자 후배도 마다하지 않았다.

"오, 저기 저런 고목이 있었네요!"

나의 시선을 좇던 후배가 느티나무를 발견하고 감탄하며 손가락으로 가리켰다. 후배도 그때까지 느티나무의 존재를 몰랐던 모양이었다. 나무는 멀리 거대한 백골처럼 솟은 흰 선인봉을 배경으로 우뚝 서 있었다. 그래서 더욱 경이로워 보였다.

"오래된 마을이니 보호수가 있을 법도 하지."

술과 안주가 나오기를 기다리는 사이에 우리는 나무가 서 있는 야트막한 둔덕으로 올라갔다. 예상대로 느티나무는 시가 지정한 보호수였다. 지정 연도 1989년, 수령 215년, 수고 22미터, 나무둘레 3.7미터.

2백 년을 넘긴 느티나무는 그 나이답게 장엄해 보였다. 곧 잎이 틀 고목을 넋 나간 듯 우러르고 있는 나를 보며 후배가 말했다.

"선배님의 발걸음을 멈추게 한 건 막걸리가 아니라 이 나무였군요."

아닌 게 아니라 나는 느티나무를 확인하는 순간 또 하나의 인연을 예감하고 있었다. 그것이 또 누구와 어떤 형태로 이루어질지 궁금하면서도 두려웠다. 그것이 느티나무였기에 당연하게 여겨질 지경이었다.

"누구에게나 나무와의 사연이 있게 마련이지."

"그게 이런 고목이라면 그 사연이 훨씬 깊겠지요?"

그랬다. 나는 느티나무와 사연이 깊었다. 나무의 생애와는 비교할 수도 없는 짧은 생이지만 나는 몇 차례 느티나무와 인연이 있었다. 그것은 마치 예정된 듯 나와 맞닥뜨렸다.

맨 처음은 유년의 기억 속에 뿌리박힌 느티나무다. 내가 태어난 마을 앞에 한 그루 고목이 있었다. 그 아름드리 노목의 연륜을 어린 나로서는 알 턱이 없었다. 마을의 수호목인 그 나무는 어린 눈으로 보아도 참으로 신령스런 모습이었다. 그래서 언제나 조심조심 그 앞을 지나다녔다. 그 나무에 함부로 올라가서는 안 돼. 어머니는 항상 내게 일렀다. 가끔 금줄이 쳐지고, 설이나 정월 대보름에는 치성을 드리기도 했다. 그 느티나무는 내 의식 속에 뿌리 내린 최초의 나무이자 모든 나무의 원형이 되었다. 그러나 어느 핸가 신작로가 나면서 베어져 사라졌다.

두 번째는 고향을 떠난 뒤 나이 들어 서울에서 만난 느티나무였다. 특별시의 후미진 그린벨트 마을에서 유년의 느티

나무와 똑같은 고목을 발견하고 얼마나 감격스러웠는지 모른
다. 안골로 불리던 그 마을에서 몇 달을 보낸 것은 순전히 그
느티나무 때문이었다. 나는 그 나무 아래서 하모니카 공장에
다니던 여공과 사랑에 빠졌다. 그곳을 떠나고도 여러 차례 느
티나무를 찾아갔는데, 언젠가 누군가의 방화로 불에 타서 고
사하고 말았다. 그녀와의 사랑이 실패하고 나서야, 나는 사랑
에는 상처가 따른다는 사실을 알았다.

　그리고 세 번째는 삼각산 밑 우이동에서 만난 느티나무였
다. 그 나무 아래서는 매우 신기한 재주를 지닌 사람을 만났
다. 그는 무공에 능한 사람으로, 무협지에나 나올 법한 장풍과
경신술을 쓰는 사람이었다. 그는 내 눈앞에서 가볍게 몸을 날
려 느티나무 높은 가지에 사뿐히 뛰어오르는 재주를 보였다.
그러다가 무슨 연수원이 들어서면서 나무가 베어지게 되었
다. 그는 누구보다 슬퍼했다. 나무가 베어지기 전날 밤, 희미
한 달빛 속에서 그는 분노에 찬 장풍으로 느티나무의 우듬지
를 내 눈앞에서 날려 버렸다. 사람은 때에 따라 불가사의한 힘

을 쓸 수도 있다는 사실을, 그는 나에게 일깨워주었다.

　나에게 있어서 그 모든 느티나무는 오랜 수문장이었고, 천 개의 팔을 지닌 거인이었고, 의연한 장자였다. 그러나 한결같이 변화하는 시대의 수난자였다.

　"이 고목에도 잎이 피겠죠?"

　"2백 년 전에 이미 피었다네."

　"고색창연하군요."

　"2백 년 뒤에도 또 필걸세."

　"오래된 미래로군요."

　"그래서 우리의 과거와 미래를 연결시키지."

　이제 또 한 번 느티나무의 혼이 나를 붙잡으려 하고 있었다. 그래서 나는 다시 아득해지고 말았다.

2

　그날 이후, 나는 이따금 느티나무를 찾아갔다. 그리고 새

잎사귀가 제법 연록빛을 띤 어느 날 황구黃狗를 만났다. 무수골 입구의 어느 집 앞에 매어져 있는 한 마리 진돗개였다. 어쩌다가 그 개와 눈이 마주쳤는지 알 수 없었다. 느티나무는 의외의 개체를 의외로 빨리 나와 맺어지게 했다. 황구는 나를 보는 순간, 오래 전에 헤어진 옛 주인을 만난 듯 미친 듯이 뛰어오르며 어쩔 줄을 몰랐다. 그 순간, 나도 곧바로 아득한 지난 날로 돌아가 있었다.

십여 년 전 북한산 아래 마당 있는 집에 살 때였다. 벼르던 누렁이 한 마리를 기르게 되었다. 소식지의 광고란을 보고 성북동 산골짜기까지 찾아가 사온 암컷 진돗개였다. 성견이 되어 처음 교미를 시킨 다음날이었다. 묶어 두었더니 그날따라 유별나게 밖에 나가고 싶어 안달이었다. 평소에도 그럴 때는 끌고 나가 산으로 함께 산책을 했다. 산책을 할 때는 으레 풀어놓았다. 그날은 어쩌다가 누렁이 먼저 대문을 열고 내보냈다. 이제 새끼까지 가지게 되었으니 한번 마음껏 뛰놀게 하고 싶었던 것일까. 바로 뒤가 산이라 누렁이는 그냥 내달렸다. 그런데 한참 뒤에 뒤따라가 찾아도 누렁이가 보이지 않았다. 아무리 불러도 나타나지 않았다. 돌아와 밤새껏 대문을 열어 두었지만 누렁이는 돌아오지 않았다. 이튿날도 마찬가지였다. 나는 자책과 죄책에 사로잡힌 채 정신없이 산을 헤맸다. 누렁이를 데리고 갔던 어느 산등성이에 녀석의 목에 달려 있던 방울이 떨어져 있었다. 누렁이가 어쩔 수 없이 끌려가며 내게 방울을 남겼다고 나는 믿었다. 그래서 누렁이의 수색을 접었다.

물론 무수골의 황구는 잃어버린 누렁이와는 모습부터 달랐다. 우선 누렁이는 암컷인데 황구는 수컷이었다. 그러나 그런 것은 아무것도 아니었다. 황구가 나를 옛 주인인 듯 반기고 내가 누렁이를 찾은 듯 가슴이 뛰었다는 것이 중요할 뿐이었다. 눈물이 날 것 같았다. 나는 내 생에 있었던, 개와의 숱한 사연을 새삼 떠올리지 않을 수 없었다. 나는 개띠였다. 그래서 그런지 개와 얽힌 애환이 너무 많았다. 나의 첫 기억도 개와 함께였다.

6·25 전쟁이 터졌을 때 나는 다섯 살이었다. 그때 집에서

개 두 마리를 기르고 있었다. 암컷 흰둥이와 수컷 검둥이였다. 피난을 떠난 것은 새벽이었다. 검둥이는 집에 남고 흰둥이만 따라왔다. 읍내가 가까워졌을 때, 갑자기 총성이 울렸다. 따라오던 흰둥이가 총소리에 놀라 온 길을 되짚어 죽어라고 달아나는 것이었다. 내가 아무리 불러도 소용없었다. 어머니는 흰둥이가 집에 돌아가 있을 거라고 나를 달랬다. 석 달 간의 긴 피난을 끝내고 돌아온 것은 달이 밝은 밤이었다. 막 사립에 들어섰을 때였다. 개 두 마리가 마당을 가로질러 미친 듯이 달려나왔다. 흰둥이와 검둥이였다. 그리고 더욱 놀라운 것은, 그 뒤를 흰 강아지, 검은 강아지 여러 마리가 한꺼번에 몰려 나와 우리를 에워쌌다. 그 전쟁 통에도 흰둥이가 새끼를 낳았던 것이다.

나는 황구 앞에 무릎을 꿇고 개의 눈을 똑바로 들여다보았다. 황구도 얌전히 앉아 나를 똑바로 올려다보았다. 개의 눈에 내가 들어 있고, 내 눈에 개가 들어 있었다. 우리는 서로의 눈부처가 되었다. 우리는 서로의 눈 속에 들어앉은 자신의 모습을 똑똑히 확인했다. 그것은 그리움에 젖은 모습이었다. 그래, 너를 만나려고 내가 여기까지 왔구나! 황구는 내가 만난 모든 개, 나와 헤어진 모든 개의 총화였다. 그리고 그 모든 기억 속의 개들을 대신한 눈부처였다.

3

느티나무와 황구를 만난 봄, 그들과의 정이 깊어진 여름과 가을은 축복의 시간이었다. 그러나 언제 지나갔는지 모를 만큼 짧았다. 그 사이에 느티나무는 나의 느티로, 황구는 나의 눈부처로 바뀌었다. 나는 그들을 그렇게 불렀다. 그리고 어느새 겨울이었다.

겨울에는 느티와 눈부처를 찾아간다는 게 아무래도 무리였다. 더구나 지난겨울의 추위는 지독했다. 걸음이 뜸하니 그들과의 만남 또한 그럴 수밖에 없었다. 한파가 오면 한파에 갇혀, 눈이 오면 눈에 갇혀 느티와 눈부처를 그리워했다.

추위가 다 물러가지 않은 겨울의 끝 무렵이었다. 좀이 쑤셔 더 이상 기다릴 수 없었다. 햇살이 밝은 어느 날, 나는 동면을 끝낸 기분으로 무수골을 찾아갔다. 그런데 눈부처가 보이지 않았다. 빈집만 덩그러니 남아 있었다. 나는 참지 못하고 나지막한 슬레이트집의 철문을 힘껏 두드렸다. 한참만에 한 사내가 나왔다.

"왜 그러세요?"

사내가 이상한 듯 물었다.

"눈부처가 보이지 않아서요."

"눈부처라니요?"

조바심을 태우며 내가 뱉은 말을 그가 알아듣지 못한 것은 당연했다.

"아, 저기 있던 황구 말입니다."

나는 허둥대며 고쳐 말했다.

"왜 그러시는데요?"

"둘레길을 돌며 자주 보았는데 지금은 보이지 않아서요."

"이제 보기 어려울 거요."

사내는 철문을 닫고 들어가 버렸다.

보기 어렵다는 말은 무엇을 뜻하는 것일까, 나는 혼란스러웠다. 어쨌든 그 집에서 눈부처가 사라진 것은 분명해 보였다. 황구를 다른 누구에게 주었을 수도 있었다. 그러나 누구에게 주기에는 개가 너무 컸다. 그렇다면 팔려갔기 쉬웠다. 큰 개가 팔렸다면 십중팔구 개장수에게 팔렸을 것이다. 개장수가 개를 사는 것은 한 가지 목적뿐이다. 보신용이다. 가까운 곳에 그런 음식점이 눈에 띄었다. 나는 그 상상만으로도 가슴이 터질 것 같았다. 십 년 전 누렁이도 그렇게 끌려가지 않았을까. 나는 느티를 찾아갈 힘도 잃은 채 발길을 돌렸다.

겨울이 가고 황사바람이 부는 날이었다. 나는 다시 무수골을 찾았다. 절망감 속에서도 나는 눈부처가 기적과도 같이 그때 그 자리에 다시 있어 주기를 간절히 바랐다. 황구를 만나 서로 눈부처를 확인할 수만 있다면 둘레길을 천 바퀴 돌라고 해도 그대로 따를 것 같았다. 그러나 황구는 보이지 않았다.

나는 서둘러 느티나무를 찾아갔다. 가는 동안, 느티나무마 저 황구처럼 사라져 버렸을지 모른다는 초조감을 떨칠 수가 없었다. 다행히 느티는 사라지지 않고 무사히 그 자리에 서 있 었다. 겨울을 넘긴 헐벗은 가지가 황사바람에 흔들렸다. 그 지 독한 한파를 이기고 느티가 온전한 것만도 너무나 고마웠다. 그것이 나에게는 유일한 위로였다.

나는 다시 둘레길을 돌 수밖에 없었다. 그 길은 도봉을 둘 러싸고 고리처럼 이어진 둥근 길이었다. 그래서 세상의 모든 길처럼 시작도 끝도 없었다. 그 아득할 길 위로 황사바람이 불 어왔다. 그 길을 걸으며 나는 사라진 나의 눈부처를 위해 만가 挽歌를 읊었다.

길 위에서

도봉산 기슭 외진 무수골에
눈 마주친 황구가 있었지

둘레길 돌다가 그곳에 이르면
우리는 서로를 탐닉했지
사람과 짐승 사이에도
눈부처가 있는 법
나와 그의 눈에
그와 내가 들어 있었지
눈앞에 도봉道峯을 두고
우리는 얼마나 먼 길을 돌아왔을까
서로의 그리움이 되기까지
인연의 길 위로 바람이 불어가고
작년도 올해도 둘레길 여전한데
봄 다시 돌아와 꽃잎 피던 날
홀연히 그 모습 사라지고
빈집만 남았네
어느 먼 서역길
살제비꽃 피는 한나절
그와 나, 다시 마주칠 수 있을까
서로 몸 바뀐 눈부처로

모년모월모일

1막

선배의 장례식장을 다녀와서 나는 혼자 술잔을 기울였다. 영전에 올리지 못한 술잔을 따로 마련하여 건배를 하고 마셨다.

선배는 밥보다 술을 좋아하던 사람이었다. 그러나 그 많은 술자리에서도 주정 따위는 한 번도 본 적이 없었다. 선배는 어떤 술자리든 명쾌한 해석과 유쾌한 결론으로 그 자리를 이끄는 리더였다. 무궁무진한 화제에 유머와 위트가 넘쳐났다. 거기에다 취미와 재능이 다양하고 뛰어나 등산이나 낚시, 바둑을 좋아하고, 노래와 창도 잘 하고, 사진도 잘 찍고, 화투까지 잘 쳤다. 그야말로 사람들과 어울리는 데 뭐 하나 부족함이 없는 팔방미인이었다.

선배의 압권은 아무래도 손바닥 장단과 판소리 창이었는데, 〈심청가〉 잦은모리 한 대목이 대표적이었다.

심 황후 이 말 듣고 산호 주렴을 떨쳐 버리고 버선발로 우루루루 뛰어나려 부친의 목을 안고 '아이고 아버지!' 부르고 엎더지니 심 봉사 깜짝 놀라 '허허 이것 웬 말이오. 나는 자식도 없고 아무것도 없는 사람이오. 나를 죽이려면 고이 죽여 주옵소서.' 심 황후 정신 차려 '아이고 아버지, 여태 눈을 못 뜨셨소. 내 정성 부족턴가, 몽은사 부처님이 영험이 없으신가. 임당수 창랑 중에 빠져 죽던 심청이가 여기를 살아 왔소. 아버지, 눈을 떠서 나를 보십시오.' 심 봉사, 이 말 듣고 먼 눈이 번쩍거리며 '허허, 이것 웬 말이냐, 내 딸 심청이는 임당수 죽었는데 여기가 어디라고 살아오다니 웬 말이냐. 이생이냐, 저생이냐, 내가 꿈을 못 깨었나, 아이고 갑갑하여라. 우리 딸 같으면 어디 좀 보자.'

"이때의 우리 모두 심 봉사 신세더라. 이 술자리 끝난 뒤의 한 치 밖을 그 누구도 모르더라."

창 끝에 그때 그때마다 꼭 즉흥적인 아니리 한마디를 덧붙여 좌중을 웃기기도 하고 숙연하게 만들기도 했다.

선배의 아니리처럼 한 치 앞을 모르는 게 사람의 일이었다. 어느 해, 선배는 예상치 못한 일격을 맞고 말았다. 뇌졸중이었다. 중증이 아니어서 그나마 다행이었다. 몸 한쪽이 불편하고 말이 어눌해 보였다. 그러나 선배는 평소의 그답게 결코 위축되지 않았다.

문병을 가자 선배가 말했다.

"내가 경계하던 게 요놈인데 맹랑하게도 감히 나를 덮쳤

네."

"그래도 이만하기 다행이잖아요."

"하기야 눈이 빠져도 다행이라고 하지."

어쨌든 천만다행으로 선배는 일 년 만에 다시 술자리에 모습을 드러냈다. 달라진 것이라면 그 일 년 사이에 머리가 백발이 되어 있었다. 선배는 아직은 덜 풀린 손으로 소주잔을 들어 올리며 아직은 어눌한 소리로 말했다.

"요놈이 주범이긴 하지만 그렇다고 멀리하면 내가 옹졸하지."

"아주 절연하고 다시는 눈앞에 얼씬거리지 못하게 하는 게 좋지 않을까요?"

다시 함께 술을 마시게 되어 속으로는 얼씨구나, 하면서도 겉으로는 딴소리를 했다.

"그러면 인생이 너무 삭막하지."

선배는 제의처럼 경건하게 술잔을 비웠다. 그런 선배의 모습이 후배에게는 더욱 우러러보였다.

선배는 그 후에 점차 좋아져서 뇌졸중의 후유증은 거의 원상으로 돌아온 듯했다. 술도 예전처럼은 아니었지만 여전히 즐겼다.

"요놈이 의리는 있어서 나를 두 번 배반하진 않네."

그런데 몇 년 후, 이번에는 암이 선배를 덮쳤다. 췌장암이었다. 저번과 달리 치명적이었다. 어떻게 손쓸 재간이 없었다. 그 해 연말에 선배는 호스피스 병동에 입원했다.

나는 다시 문병을 갔다. 사실은 하직인사였다. 마침 선배는 침대를 반쯤 일으켜 세운 채 자그마한 쌍안경을 눈에 붙이고 창밖을 열심히 살피고 있었다. 환자가 쌍안경을 들고 있다니! 역시 선배였다. 선배는 비록 육신은 몰라보게 말랐지만 정신은 초롱같이 밝아 보였다. 그런 선배가 쌍안경으로 무엇을 바라보고 있는지 알 수 없었다. 병실은 전망이 좋았다.

선배가 느닷없이 창밖 멀리 빌딩 사이를 가리키며 말했다.

"저기 제비들이 노닐고 있네."

나는 그 말에 깜짝 놀랐다. 이 겨울에 제비라니! 12월인데 제비가 있을 턱이 없었다. 까치나 까마귀를 보고 그러나 싶었다. 한편으로는 이 양반이 죽음을 앞두고 헛것을 보고 있는지도 모른다고 속으로 짐작했다. 그러면서도 의문이었다. 정신이 초롱 같은 선배가 아무리 기력이 쇠진했다 하더라도 지금 제비의 철이 아니란 것을 모를 턱이 없었다.

그때, 선배가 쌍안경을 내려놓고 뭐라고 홍얼거렸다. 가만히 귀 기울여 보니 〈홍부가〉의 한 구절이었다.

제비 몰러 나간다.
제비 후리러 나간다.
이때 춘절을 생각하니 하사월 초팔일…….

그때서야 나는 좀전의 짐작이 얼마나 잘못된 것인가를 깨달았다. 그리고 자신의 좁은 소견을 크게 뉘우쳤다. 선배는 결코 헛것을 보고 있는 게 아니었다. 선배는 지금 제비를 만나고 있음에 틀림없었다. 선배는 이미 곤고한 이승을 벗어나 제비

들과 즐겁게 노닐고 있었던 것이다. 저 하사월 춘절의 제비들
과!

2막

선배가 한 줌의 재가 된 뒤 어느 날이었다. 나는 장례식장
에서 보았던 선배의 영정 사진을 떠올리며 혼자 웃었다. 그 영
정마저도 선배다웠다. 사진 속 주인공은, 용용 죽겠지, 하듯이
혀를 쏙 빼물고 있었다. 문상을 하는 중에도 국화 속에 들어앉
은 그 모습을 보는 순간, 웃음이 터지려고 해서 참는 데 혼이
났다. 나중에 접객실로 찾아온 상주에게 영정사진은 어떻게
된 거냐고 물어보았다. 상주도 억지로 웃음을 참으며 대답했
다.
"고인이 일찌감치 준비하신 겁니다."
나는 문득 선배처럼 미리 영정을 준비해 두는 것도 좋을 것

같았다. 곧바로 사진첩을 꺼냈다. 한 장 한 장 지난 시간의 자취를 넘기다 보니 선배가 찍어준 사진이 여러 장 있었다. 선배는 사진을 정말 잘 찍었다.

나는 그 사진 중의 한 장을 사진첩에서 뽑았다. 언제 찍었는지는 기억나지 않았다. 흑백 사진인 것으로 보아 오래 전에 찍은 것이었다. 그래서 젊은 얼굴이었다. 추운 날이었던가 보았다. 머플러를 목에 두르고 있었다. 선배처럼 혀를 빼물고 있지는 않았지만 활짝 웃고 있어서 이만하면 되겠다 싶었다. 선배가 보아도 제법이군, 하고 칭찬할 것 같았다. 나는 그 사진으로 정했다.

나는 디피점에서 사진을 확대한 뒤 아름다운가게를 찾아갔다. 마침 몇 개 나온 액자 중에 노란색 액자가 하나 있었다. 크기가 알맞았다. 흑백사진에 노란색 액자! 잘 어울릴 것 같았다. 검은색 액자도 있었지만 너무 엄숙해서 싫었다. 선배가 그것도 감각이냐, 하고 편잔할 게 틀림없었다. 나는 노란색 액자로 정했다.

액자를 들고 오는데 북한산이 눈에 들어왔다. 백골처럼 흰 인수봉이 멀리서 내려다보았다. 마치 선배의 모습 같았다. 한 때 한 달에 한 번 날짜를 정해놓고 선배와 몇몇이 함께 북한산에 오른 적이 있었다. 산에는 산벚이 절정을 지나 이울고 있었다. 바람에 꽃잎이 눈처럼 날렸다. 문득 어느 때 선배가 한 말이 떠올랐다.

"산천은 의구하고 꽃은 해마다 새롭구나."

북한산은 여전한데, 이제 다시는 선배와 함께 그 산을 오를 수 없었다. 선배는 벌써 북망산에 올라가 있었다.

집에 돌아오자 나는 액자에 사진을 끼워 보았다. 맞춘 듯이 꼭 맞았다. 달리 작업을 할 필요도 없었다.

아내가 보더니 궁금하다는 듯이 물었다.

"그 사진, 뭐 하려고요?"

"뭐 할 거 같애?"

아내는 말이 없었다.

"김 선배가 찍어준 사진이야."

"그분, 세상 떠났잖아요?"

"그 선배 영정사진 보고 웃음을 참느라 혼났어."

나는 아내에게 자세히 설명했다.

"그래서 당신도 웃는 사진을 선택했어요?"

아내는 벌써 눈치채고 있었다.

"그런데 너무 젊지 않아요?"

"참말인진 몰라도 어디선 돌 사진도 썼더라는데?"

"그리고 노란색도 너무 튀지 않아요?"

"검정색은 선배에게 혼날 것 같아서."

액자가 완성되자 아내가 다시 물었다.

"정말 영정사진 할 거예요?"

"아니면 뭐 하러 액자까지 구해 왔겠어."

"그럼 아이들에게 미리 일러둬요."

"당신이 알려주면 될 거 아냐?"

"얼씨구, 누가 먼저 갈지 누가 알아?"

그래서 뒷면에 나는 스스로 만가挽歌를 남기기로 했다.

마지막 얼굴

언젠가 어느 선배가 찍어준
흑백사진 한 장
추운 날이었던가 보다
줄무늬 목도리를 하고 있다

바람 부는 날
아름다운가게에 가서
액자를 구해 돌아오는 길
멀리 산벚이 지고 있었다

액자에 사진을 맞춘다
사각의 틀 속에 갇히고도
웃고 있는 사내
그의 남은 생애가 궁금하다

액자 뒷면에 오늘을 적는다

―모년모월모일
　　다시 모년모월모일
　　마지막 얼굴 위로 꽃이 지려나

3막

　　그날 밤, 나는 홀가분한 기분으로 오랜만에 숙면에 들었다가 꿈을 꾸었다.
　　모년모월모일, 꽃잎 지는 봄날의 어느 장례식장이었다. 고인의 영정이 꽃에 쌓여 있는데 노란 액자가 제단을 장식한 꽃 색깔과 잘 맞아떨어졌다. 그리고 노란 액자 속의 젊은 사내는 무엇이 그렇게도 즐거운지 활짝 웃고 있었다.
　　그때 문상객이 들어왔다. 문상객은 머리가 백발이었다. 분향을 하더니 영정 앞에서 목을 가다듬고 창 한 대목을 뽑는 것이었다. 판소리 〈심청가〉의 곽씨 부인 출상出喪 장면이었다.

북망산천이 머다 마오. 건너 안산이 북망이로다. 어화 넘차 어화 너.

앞산도 첩첩하고 뒷산도 첩첩, 구부구부 산골이라 일침침 월명명이라. 어느 곳에 쉬어 갈까. 어화 넘차 어화 너.

......

갑자기 백발의 문상객이 창을 멈추고, 피어오른 향 연기 저편의 영정을 물끄러미 바라보았다. 그러다가 혀를 끌끌 차며 영정 속의 고인을 향해 나무라는 것이었다.

"자네, 죽을 때만이라도 생활인의 흉내를 내보라고 어느 작가가 말하지 않았나? 대체 노란 테가 뭐냐, 노란 테가!"

자세히 보니, 백발의 문상객은 선배였다.

무명씨의 책

아마도 그대는 자신의 가치를 알고 있으리로다.
　　　　　　　　　ー셰익스피어의 「소네트」 중에서

　그를 처음 만난 곳은 공원 옆이었다.
　한 사내가 공원 입구 한쪽에 헌책을 가득 펴놓고 앉아 있었
다. 때는 봄이었고, 그는 봄볕에 책을 내다 말리고 있는 사람
처럼 한가로워 보였다. 얼른 보니 모두 소설책이었다. 헌책이

었지만, 누군가의 서가에서 금방 꺼내온 것처럼 깨끗하고 정갈해 보였다. 그런데도 책을 둘러보는 사람이 아무도 없었다. 이면도로라 지나가는 사람이 뜸한 데다, 공원을 드나드는 사람들은 운동에 정신이 팔려 책 같은 것에는 관심도 없었다. 그래도 그는 태평이었다.

책을 둘러보던 나는 잠시 책 대신 그를 살펴보았다. 나이는 오십대 초반쯤 되었고, 큰 키에 몸은 깡말랐고, 창백한 얼굴에 굵은 뿔테 안경을 착용하고, 머리에는 구겨진 벙거지를 쓰고 있었다. 내가 자신을 뜯어보고 있는데도 그는 전혀 신경 쓰지 않았다. 책을 둘러보거나 말거나 관심이 없다는 태도였다.

나는 다시 책 쪽으로 시선을 돌렸다. 얼른 일별할 때도 그랬지만, 펴놓은 책들이 모두 소설책이었다. 일부러 한 가지로 통일한 게 분명해 보였다. 소설은 국내 작품과 번역 작품 등 다양한 편이었고, 모두 수준 높은 문학작품들이었다.

나는 다시 한 번 사내를 살펴보지 않을 수 없었다. 그런데 좀 전까지 그렇게도 무심하던 그의 얼굴에 변화가 있었다. 그도 이젠 나라는 존재를 분명히 의식하고 있는 듯했다. 아마도 내가 책을 둘러보는 동안 그도 나를 살펴본 모양이었다. 내가 정면으로 그의 얼굴을 바라보자, 그도 더는 무연한 자세를 지속할 수 없었던지 나를 마주 바라보았다.

내가 먼저 말을 건넸다.

"소설만 모아두셨군요."

"예."

그가 짧게 대답했다.

"무슨 특별한 이유라도 있나요?"

나는 그 점이 정말 궁금했다.

"소설엔 세상의 풍경이 담겨 있지요."

한참 뜸을 들인 그의 대답은 조금 의외였다.

"세상의 풍경이라니요?"

"사람 사는 모습요."

나는 점점 흥미를 느끼며 그에게 다시 물었다.

"그 모습은 어떤 모습일까요?"

그는 대답 대신, 벚꽃이 만발한 공원 쪽을 바라보았다. 흐드러진 꽃 아래로 사람들이 오고갔다.

"저 모습들일까요?"

나는 장난기를 섞어 집요하게 물었다.

"글쎄, 공원에 오는 사람들이 어떤 분들인지……."

그는 자신없는 모습이었다. 그는 세상의 풍경은 알아도 공원의 풍경은 잘 모르는 모양이었다.

그렇다. 공원에도 공원 나름의 풍경이 있다.

공원에 오는 사람들은 대체로 세 그룹으로 나누어볼 수 있다. 첫째 그룹은 부지런한 운동파다. 그들은 워킹을 즐기며, 평균수명이나 기대수명을 넘어 백 세 수명을 목표로 삼는 사람들이다. 아침나절은 그들이 풍경의 주체다. 두 번째 그룹은 한가로운 소요파다. 그들은 산책을 즐기는데 대개 반려견을 동반하고, 사람보다 동물을 신뢰한다. 점심나절의 공원은 그들의 차지다. 나머지 한 그룹은 나이든 한담파다. 그들은 노부老婦와 노부老夫로 나뉘는데 전자는 벤치를, 후자는 정자를 차지하고 남은 생애의 하루를 보낸다. 그들의 추억 속에 공원의 오후가 기운다.

물론 공원이 그들 세상만은 아니다. 국외자들도 있다. 그들은 공원 연못가의 창포꽃을 사랑하는 사람들인데, 어디까지나 마이너리티들이다.

"저들은 봄을 즐기느라 책엔 관심이 없을 것 같은데요?"

"그렇겠지요."

그는 실망하는 기색도 없었다.

"거기다가 작품의 수준이 높아서……."

그가 별다른 반응이 없어서 나는 다시 책 쪽으로 시선을 던졌다. 책은 맑고 밝은 햇살 속에서 저마다의 표정으로 나를 쳐다보았다. 그 표정 하나하나가 너무도 생생했다. 그래서 어쩐지 소설 한 권 한 권이 살아있는 생명체처럼 느껴졌다. 그 속의 인물들이 그의 말대로 세상의 풍경을 보여주려고 한꺼번에 책 밖으로 몰려나와 자신의 존재를 뽐내는 듯했다. 소설가는 저 인물들에게 생명을 불어넣기 위해 얼마나 많은 심혈을 기울였을까!

그 책들 중에서 한 권이 나의 눈길을 끌었다. 가브리엘 루아의 『내 생애의 아이들』이었다. 언젠가 그녀의 다른 작품을 읽은 기억이 났다. 세상 끝처럼 황량하고 인적 없는 평원에서 병든 몸으로 살아가는 한 여인의 쓸쓸한 이야기였다.

나는 책을 들고 사내 쪽을 돌아보았다.

"이 책을 사고 싶어요."

그러자 갑자기 그의 얼굴이 어두워졌다.

"꼭 그 책을 사셔야겠어요?"

그의 물음이 요령부득이라 나는 그의 얼굴을 쳐다보았다.

"아무래도 안 되겠는데요."

"안 되다니, 팔려고 내놓은 책이 아닌가요?"

"그러려고 했는데 아직 준비가 덜 돼서……."

나는 무슨 말인지 종잡을 수가 없었다. 헌책을 파는 데 무슨 준비가 필요하단 말인가. 그러나 울상이 된 그의 얼굴을 대하자 더 캐물을 수도 없었다. 그 이유를 캐고 들면 눈물이라도 흘릴 것 같았다. 내가 책을 도로 제자리에 가져다 놓고 돌아서자 등 뒤에서 중얼거리는 그의 소리가 들렸다.

"미안하다, 미안해."

내게 하는 소린지, 내가 고른 책 속의 아이들에게 하는 소린지 알 수 없었다. 그러나 공원 연못가로 걸어가면서 나는 깨달았다. 그가 아직 자신의 책들과 헤어질 준비가 되지 않았음을⋯⋯.

그를 다시 만난 곳은 구민회관 앞이었다.

사내는 회관 입구 한쪽에 책들과 함께 앉아 있었다. 그는 뜨거운 햇살에도 아랑곳없었다. 그곳은 공원 옆과는 달리 대로변의 공공기관 앞이라 회관을 드나들거나 지나다니는 사람이 많았다. 그러나 그의 책에 관심을 기울이는 사람은 공원 옆이나 마찬가지로 별로 없었다.

마침 구민회관에서 유명인사의 강연이 있다고 해서 알아보러 갔다가, 나는 사내를 발견하는 순간 바로 그라는 걸 알아보았다. 그는 여전히 구겨진 벙거지를 쓰고 있었다. 그 벙거지만 보고도 알 수 있었다. 내가 다가가자 그는 자리에서 일어나 전과는 달리 씩씩하게 고객을 맞았다.

"무슨 책이 필요하십니까?"

그는 나를 알아보지 못하는 것 같았다. 짧은 만남이었고, 계절도 바뀌었으니 못 알아볼 만도 했다.

"필요한 책이 있으면 세 권까지 그냥 드립니다."

놀랍게도 책을 그냥 준다는 것이었다. 그제야 책 위쪽에 세 워놓은 종이 표찰이 보였다. '세 권까지 그냥 가져가세요'. 그리고 특이한 것은 소설은 한 권도 보이지 않고 모두 자연과학이나 사회과학, 또는 인문학 이론서들이었다. 저번과는 완전히 딴판이었다.

"왜 책을 그냥 주십니까?"

나는 이번에도 그것이 정말 궁금했다.

"그냥 두고 보기가 그래서요."

그의 말에 나는 잠시 혼란을 일으켰다. 책을 혼자 두고 보기가 그렇다는 것인지, 사람들이 책을 안 읽어 두고 보기가 그렇다는 것인지 헷갈렸다. 나는 후자로 이해하고 그에게 물었다.

"여러 사람들에게 읽히고 싶은가 보죠?"

"그냥 준다고 책의 가치가 떨어지는 건 아니니까요."

의도된 것인지는 알 수 없으나 그의 대답은 동문서답이었다.

"책 안 읽는 사람들에 대한 경종인가요?"

그는 겸연쩍은 미소로 대답을 대신했다.

"그렇다면 구민회관을 잘 선택했습니다."

그렇다. 구민회관은 수십만 구민들이 이용하는 공공의 공간이다. 구의회 회의장이 있고, 공연장이 있고, 세미나실이 있고, 예식장도 있다. 이곳에서는 구민들의 문화적 여가 선용과 삶의 질 향상이라는 목표를 내걸고 다양한 프로그램을 제공한다. 그래서 언제나 구민들로 붐빈다.

이곳을 드나드는 사람들은 스스로를 문화인으로 여기며, 스스로 문화를 쌓아가고 있다고 자부한다. 그들은 자신들이 적당한 교양과 지식을 갖추고 문화적 삶을 향유하고 있다고 굳게 믿는 사람들이다. 그러나 그들이 과연 그의 경종을 받아들여 그의 책에 관심을 가질지는 미지수였다.

"그들도 공원 사람들과 다를 바가 있을까요?"

내가 공원을 강조하자 그제야 나를 알아보는지 그의 시선이 조금 흔들렸다. 그러나 그뿐, 더 다른 내색은 없었다. 나도, 그때의 소설은 어떻게 되었느냐고 묻고 싶었지만 참았다.

나는 그의 갸륵한 뜻을 헤아려 책 한 권을 골랐다. 앤서니 기든스의 『현대사회학』이었다. 큰 판형의 고급스런 책이었고, 번역진도 쟁쟁한 소장파 학자들이었다. 여러 해에 걸쳐 판과 쇄를 거듭한 책이었다.

"사회학에 관심이 있으시군요. 훌륭한 책을 골랐습니다."

"아니오, 문외한이에요."

저자 앤서니 기든스도 처음 들어보는 이름이었다. 표지 날개의 소개에 따르면 그는 세계적인 사회학자였다.

"순전히 책이 고급스러워 선택했어요."

나는 그에게 솔직히 고백했다.

"그의 저서에 『제3의 길』도 있는데 여기엔 없어요."

"이 책으로 충분합니다."

그를 우연히 다시 만나 생각지도 않은 책을 공짜로 얻었으나 한편으로 부담스러웠다. 그를 보아서도 반드시 읽어야 하기 때문이었다.

"두 권 더 고르세요."

내가 한 권만 선택하자 그가 권했다.

"아니에요, 내가 두 권 더 소유하면 다른 사람이 읽을 기회를 그만큼 빼앗는 거겠죠."

나는 손사래를 치며, 벌써 사회학자가 된 것처럼 대꾸했다.

그때 젊은이 둘이 지나가다가 책을 둘러보더니 신기한 듯 속삭였다.

"책을 그냥 가져가래?"

"대단한 자선가시네."

"그런데 저 공짜 책을 가져갈 사람이 있을까?"

"차라리 책값을 주시지."

공짜로 주는 책도 마다하고 떠나는 두 젊은이의 뒤를 멀거니 바라보며 그의 얼굴이 붉어졌다.

그를 또다시 만나게 된 곳은 전동차 안이었다.

한 사내가 캐리어를 끌고 내가 앉은 칸으로 건너오더니, 그 속에서 책을 주섬주섬 꺼내는 것이었다. 한참 바라보다가 그라는 걸 알았다. 뜻밖의 장소라 얼른 알아보지 못했다. 웬일인지 벙거지도 쓰고 있지 않았다. 벙거지를 벗은 그의 얼굴은 딴사람 같았다.

그는 꺼낸 책을 승객들에게 한 권씩 돌리기 시작했다. 드디어 내 무릎에도 한 권이 놓였는데, 그가 나를 알아보았는지는 알 수 없었다. 그 사이에 또 계절이 바뀌고 포도에는 낙엽이 뒹굴었다. 나는 또 한 번의 조우에 기쁘기도 하고 놀랍기도 했다. 그것도 저번의 두 차례와 달리 전동차 안이라 더욱 그랬다. 여전히 책과 함께여서 동떨어진 느낌은 아니었다.

책을 펼쳐보니 시집이었다. 표지의 날개를 살펴보았으나 저자의 소개가 없었다. 대개는 거기 저자의 사진이나 약력이 나와 있기 마련이었다. 나는 문득 이 책이 그의 시집일지도 모른다는 생각이 들었다. 그렇더라도 그가 왜 잡상인의 방식을 택했는지는 의문이었다.

그때, 그의 시낭송이 시작되었다. 그는 지하철의 여느 잡상인과 달리 아무런 상품 설명이나 소개도 없이 불문곡직 낭송으로 들어가는 것이었다. 전동차 안에서 시낭송이라니! 아무리 상품이 시집이라도 전혀 예측하지 못한 일이었다. 승객들도 의아해 했으나 그는 전혀 개의치 않았다.

그의 낭송은 시의 운율이나 영탄을 위해 일부러 목소리를 높이거나 깔지 않았다. 별다른 감정의 표출이나 제스처도 없었다. 그런데도 묘하게 호소력이 있었다. 그러나 지금은 결코 시의 세상이 아니고, 시를 사랑하는 사람도 흔하지 않다. 그 때문에 그가 시집에다 낭송의 방법을 선택한지도 모를 일이었다. 공원과 구민회관 앞에서 보았던 그라면 충분히 가능한 일

이었다. 그때, 그가 낭송하는 시의 한 구절이 내 귀에 날아와
박혔다.

꽃도 제 몰골이 추하면 지고
바람도 제 길이 아니면 잦아들고
별도 제 일생이 다하면 떨어지는 법이다

존재의 가치를 설파하는 듯한 그 시구가 나에게는 왠지 누
군가를 향한 질책같이 들렸다. 꽃도 바람도 별도 되지 못한 세
상의 모든 이들을 향한, 그리고 우선은 지하철 안의 승객들을
향한······.

낭송을 마치자 그는 주섬주섬 책을 거두었다. 그가 내 앞으
로 왔다. 나는 잠자코 만 원짜리 한 장을 내밀었다. 그와 나의
시선이 마주치는 순간, 그가 나지막한 소리로 물었다.

"당신은 누구요?"

그는 내 존재의 실체를 묻고 있는 듯했다. 그래서 대답이

궁해지고 말았다. 그런 나를 그는 이미 간파하고 있었는지 캐리어를 끌고 말없이 다음 칸으로 건너가 버렸다. 그가 사라진 뒤에 나는 다시 시집을 꼼꼼히 살펴보았다. 그런데 책 어디에도 저자의 이름이 보이지 않았다.

그 무명시집에서 나는 그가 낭독한 시를 다시 찾아 읽었다.

둑이 터지다

못의 둑이 터져서
가득한 물이 다 쏟아졌다고 한다
산그늘 내려앉던 저 오랜 저수지
자칫 깊은 물속 못 헤아려 바닥에 잠기고
더러는 스스로 심연에 몸을 던진
수중고혼水中孤魂들이 모여 사는 곳
둑이 피로해 터졌다는데
그렇게 소홀히 볼 게 아니다
왜 멀쩡하던 둑이 하룻밤 사이에 터졌을까
못이 숨을 쉬는 존재임을 아는가

낮이면 햇살과 바람과 더불어 날숨을 내쉬고
밤이면 별빛과 어둠과 더불어 들숨을 들이쉰다
그런 못이 자신의 심장을 무너뜨려
제 숨길을 스스로 흩어 놓은 게
그토록 가벼운 이유 때문일까?
꽃도 제 몰골이 추하면 지고
바람도 제 길이 아니면 잦아들고
별도 제 일생이 다하면 떨어지는 법이다
갇힌 물의 집, 그 고혼들의 심사를
누가 짐작이라도 할까?

  시집을 덮으면서 나는 이 무명씨를 언제, 어디서, 또 어떤
모습으로 다시 만나게 될지 몹시 궁금했다.

시인의 은발

피던 꽃이 별안간 지고
날던 새가 난데없이 떨어졌다
　　　　　　－무명시인의 「상심(傷心)」 전문

　무명시인 S씨는 당분간 시 쓰기를 중단하고, 길렀던 머리도 깎기로 했다. 그가 자신의 생명처럼 여겼던 시를 접고, 그렇게도 아꼈던 은발을 자르기로 한 데에는 적잖은 실망과 분노와 좌절이 있었다.

먼저, S씨가 당분간 시를 쓰지 않기로 한 것은 세상을 놀라게 한 유명 원로시인의 성폭력 사건 때문이었다.

초두에 밝혔듯이 그는 알려진 시인이 아니었다. 그에 비하면 원로시인은 하늘의 별처럼 고명한 분이었다. 그가 육십 평생 겨우 두 권의 시집뿐인데, 원로는 백 권도 넘는 시집을 낸 시인이었다. 폭로 여류시인이 시에서 언급한 것처럼 원로시인이 수도꼭지를 틀면 물이 콸콸 쏟아지듯 시를 생산하는 동안, 그는 마른 행주를 쥐어짜듯 간신히 한 편 한 편의 시를 완성했던 것이다. 그렇다고 무명시인은 자신의 재능을 탓하거나 자신의 시를 업신여긴 적은 한 번도 없었다. 그리고 원로시인을 부러워한 적도 없었다. 다만 다른 세계의 시인으로 여겼을 뿐이었다.

모든 매스컴이 괴물로 성토하기 전에 원로시인의 패덕과 기행은 꽤 알려져 있었고, 그도 들어서 알고 있었다. 어느 소설가가 그런 원로시인의 행각을 소설로 폭로한 적도 있었다. 그런데 연일 성토가 이어지는데도 원로시인은 한마디 사과뿐 별다른 반성이 없었다. 그는, 원로시인이 한시적으로라도 절필 선언쯤은 있어야 한다고 믿었다. 그것이 시인으로서의 참회일 것이었다.

그러나 끝내 그런 언급은 없었다. 비록 견줄 수 없는 상대지만, 그는 더불어 시를 쓴다는 사실이 부끄러워지기 시작했다. 그렇다면 자신이라도 붓을 꺾는 수밖에 없었다. 아무도 알아주지 않는다 하더라도 그것이 시에 대한 예의라고 생각했다. 그리고 그런 그의 생각을 돌이킬 수 없게 만든 것은 시와는 거리가 먼 한 친구의 부끄러운 일침 때문이었다.

"그 사람, 세계적으로 유명하다더니 영 개차반이더군. 노벨상 받았으면 어쩔 뻔했어?"

그가 아무 말이 없자 친구가 한마디 더 보탰다.

"시인은 본래 그러냐? 물론 너 빼고."

친구와 헤어져 돌아오면서 무명시인은 문득 어느 시인이

죽은 친구를 묻고 돌아와 읊었던 절창 한 구절이 떠올랐다. 꼭
자신의 마음 같았다.

　―시를 쓴다는 것이 이미 부질없구나!

　다음, S씨가 머리까지 자르기로 한 것은 엎친 데 덮친 결과
였다.

　그는 자신의 머리를 무척 자랑스럽게 여겼다. 귀를 덮은 하
얀 은발은 누가 봐도 그럴듯하고, 그를 정말 시인답게 보이도
록 만들었다. 자신의 얼굴에 별로 자신을 갖지 못한 그로서는
큰 위안이었다. 그래서 무엇보다도 아끼며 길러온 머리였다.
그러나 이제 더 이상 그 머리를 지탱하기 어렵게 되고 말았다.

　그것은, 원로시인과 앞서거니 뒤서거니 티브이를 장식한
한 연극인 때문이었다. 성폭력 미투로 하루아침에 패가망신
한 그 연극인의 기자회견을 보는 순간, 그는 악! 하고 비명을
지를 뻔했다. 그 연극인의 인상은, 치렁치렁한 은발에 긴 눈썹
과 음흉한 눈빛으로 영락없는 사교의 교주였다. 그가 저지른

짓 또한 사교의 교주나 진배없었다. 문득 그의 눈앞에 백백교의 교주가 떠올랐다.

그러나 그가 비명을 지를 뻔한 진짜 이유는 그 연극인의 은발 때문이었다. 비교하는 것도 치가 떨렸지만, 교주의 은발은 자신의 은발과 너무도 흡사했다. 그는 자신의 머리에 별안간 오물을 뒤집어쓴 느낌이었다. 그와 함께 견딜 수 없는 모욕감에 휩싸였다. 그것은 다시 분노로 바뀌었다. 한 개인의 자부심을 이렇게도 짓밟을 수 있단 말인가! 그것은 모든 은발에 대한 모독이었다. 그는 머리칼 올올이 치밀어 오르는 분노와 수치심으로 온몸이 떨렸다.

그는 거울을 보기가 두려웠다. 이 모욕감을 벗어나는 길은 한시바삐 오물을 뒤집어쓴 머리를 깎는 길밖에 없었다. 그러나 그것은 쉬운 일이 아니었다. 그는 삼손은 아니었지만 누구보다도 머리 깎는 것을 싫어하는 사람이었다. 그래서 장발 단속 시절에는 몇 차례 일제 단속에 걸린 적도 있었다. 한번은 단속에 걸리지 않으려고 용기를 내어 이발관을 찾았다가 낭패

를 당한 적도 있었다. 걸리지 않을 만큼만 적당히 잘라 달라고
한 뒤 아예 눈을 감고 있었다. 그런데 아무래도 이발사의 바리
캉 소리가 심상치 않아 눈을 떠보았더니 아, 정면의 거울 속에
머리를 시원스레 민 아주 낯선 사내 하나가 자신을 보고 있는
게 아닌가. 더할 수 없이 서먹서먹한 그 사내를 마주하고 있는
사이에 맹렬한 자괴감이 치밀어 올랐다. 도대체 내가 뭘 잘못
해서 이런 수모를 당해야 한단 말인가! 그 뒤로 죄를 짓지 않
고도 가장 두려운 존재가 이발사였다.

그러나 지금은 싫고 좋고를 따질 계제가 아니었다. 이제 머
리를 잘라야 하는 것은 지상과제였다. 시의 붓을 놓듯이 다른
방법이 없었다. 문제는 어떻게 자르느냐 하는 것이었다. 미리
결정하고 마음의 준비를 할 필요가 있었다. 머리를 즐겨 깎는
사람도 그 선택을 놓고 고심할 때가 있는데, 머리 깎기를 죽기
보다도 싫어하면서 자신의 긴 머리에 남다른 자부심을 갖고
있던 그로서는 참담하고 고통스런 과정이 아닐 수 없었다.

그는 이 기회에 아주 머리를 밀어 버릴까 하는 생각이 먼저

들었다. 자신이 좋아했던 머리를 간직할 수 없는 바엔 아예 배코를 쳐 버리는 게 나을 것 같기도 했다. 그로서는 대단한 용기가 필요한 결정이었다. 그런데 그때 민둥머리 하나가 눈앞에 떠올랐다. 늘 박박 깎은 머리에 긴 옷을 걸치고 티브이에 자주 등장하는 어느 철학가였다. 악악, 떼를 쓰는 듯한 그의 쉿소리를 떠올리자 고개가 절로 저어졌다.

결국, S씨는 미처 마음을 정하지 못한 채 집을 나섰다. 비록 한 달에 한 번쯤 머리를 다듬으러 들르기는 하지만, 그에게도 단골 이발관이 있었다. 늙은 이발사가 하는 이발관이었다. 단골이 된 지 벌써 십 년이 훨씬 넘었다.

그는 그쪽으로 걸어가면서 작정했다. 단골 이발사의 의견을 들어보리라. 그러고 나서 삭발의 정도를 결정하자. 궁여지책이었으나 좋은 생각 같았다. 그러다가 다시 생각이 바뀌고 말았다. 평생을 기술본위, 친절본위로 일관한 이발사에게 도리가 아닐 것 같았다. 그동안 십 년 넘게 자신의 긴 머리를 정

성스레 다듬어준 사람이었다. 머리를 자른다면 얼마나 서운
해 할 것인가. 그리고 펄쩍 뛰며 말릴지도 모른다. 늙은 이발
사를 실망시키거나 서운하게 할 수는 없었다.

그때 문득 블루클럽이 떠올랐다. 언젠가 우연히 발견한 곳
이었다. 그곳에는 새파랗게 젊은 이발사가 머리를 깎고 있었
다. 차라리 그곳이 나을 것 같았다. 거기라면 실망시킬 일도
없을 것이었다.

마침 블루클럽은 붐비지 않았다.

"아버님, 어떻게 자를까요?"

그가 단두대에 오르듯 의자에 몸을 싣자 청년이 물었다.

"아직 결정하지 못했네."

그는 솔직히 대답했다.

"예?"

청년이 거울 속에서 눈이 동그래졌다.

"어떻게 잘라야 할지 모르겠네."

그는 구원이라도 청하듯 거울 속으로 청년을 바라보았다.

"지금 머리가 잘 어울리시는데 커트만 조금 하세요."

청년은 가위를 들고 머리를 다듬을 자세였다.

"마음 같아선 박박 밀고 싶네."

"머리를 다 자르신다구요?"

청년이 믿어지지 않는다는 듯이 다시 물었다.

"정말이세요? 이 멋진 머리를 왜 자르려 하세요?"

"누가 오물을 끼얹었다네."

그는 비참한 심정으로 대답했다.

"오물을요? 그러면 머리를 감으면 되지 왜 잘라요?"

"그건 씻어서 지워질 오물이 아니라네."

청년은 점점 무슨 말인지 모르겠다는 듯 의아한 표정이 되었다.

"어제까지만 해도 자랑스러웠던 머리가 오늘부턴 수치가 되고 말았네."

"왜요?"

"내 머리와 똑같은 자가 티브이에 나왔다네."

그는 진정 억울한 마음이 치밀어 올랐다.

"에이, 아버님도! 머리를 기르다 보면 똑같은 사람도 있죠. 특허를 내신 것도 아니잖아요."

그러고 보면 청년의 말이 맞았다. 그 연극인의 파렴치한 행위가 문제지 머리가 무슨 죄겠는가. 그는 그렇게 생각하려 애썼지만 기분만은 어쩔 도리가 없었다.

"그와 같은 머리를 하고는 도저히 살 수 없네. 밀어주게."

"그래도요?"

"자네에게 모든 걸 맡기겠네."

그는 마침내 결정을 짓고 눈을 감아 버렸다. 아쉬움보다는 수치심이 더 커서 어쩔 도리가 없었다. 그런데 한참이 지났는데도 바리캉 소리가 나지 않았다. 눈을 떠보니 청년이 바리캉을 든 채 고민하고 있는 모습이 거울에 비쳤다.

"왜 그러고 있는가?"

그가 묻자 청년이 대답했다.

"전 헤어 아티스트예요. 그런 이유로 이 아름다운 머리를 자를 순 없어요."

그가 댄 이유를 청년은 도저히 납득할 수 없는 모양이었다.

"그럼 난 어쩌란 말인가?"

"다시 생각해 보시던지, 다른 데 가서 자르세요."

그는 할 말이 없었다. 그리고 청년에게 미안할 뿐이었다. 자기 신념에 투철한 진정한 아티스트를 몰라보고 그 또한 청년에게 모욕감을 안겨준 셈이었다. 하릴없이 블루클럽을 나서는데, 청년이 물었다.

"혹시 시인이세요?"

그는 가슴이 덜컥 내려앉았다. 이 헤어 아티스트가 어떻게 알았을까!

"저희 집에 오시던 시인 할아버지 한 분이 계셨거든요. 은발 머리에 흰 수염이 참 멋스러우셨는데 지난해 돌아가셨대요. 혹시 아시는가 해서요."

듣고 보니 그도 알 만한 원로시인이었다.

"그런 훌륭한 시인을 나 같은 사람이 어떻게 알겠나."

그는 쫓기듯 블루클럽을 나왔다.

머리도 자르지 못하고 집으로 돌아온 그는 자신의 은발을 쥐어뜯으며 괴로워했다. 어쩌다 헤어 아티스트를 만나는 바람에 삭발의 뜻마저 이루지 못해 답답하고 막막할 뿐이었다. 그렇다고 젊은 이발사만 나무라며 머리를 그대로 둘 수는 없었다. 이미 자신의 은발은 지난날의 은발이 아니었다. 용도폐기된 거나 마찬가지였다.

그는 내일 다시 새 이발관을 찾아 삭발하기로 마음을 굳히고 마지막 시 「삭발」을 썼다.

머리를 깎는다는 것은
삼손이 아니라도 예삿일이 아니다
수염을 미는 것과는 다르다

머리를 깎는다는 것은
머리카락만 자르는 게 아니다
머리가 잘리는 것과도 같다

머리를 깎는다는 것은
익숙한 존재와 결별하고
낯선 이방인을 만나는 일이다

머리를 깎는다는 것은
단두대에 올라 참수를 기다리며
한 번 죽었다가 살아나는 일이다

레 미제라블

사람은 변할 수 있다.

—영화 〈레 미제라블〉 대사 중에서

1

내일이면 영화를 보러 가는 날이었다. 그는 갑자기 주인공 장 발장이 되어보고 싶었다. 대개는 영화를 보고 나서 경험하는 일인데 차례가 바뀐 셈이었다. 장 발장의 '빵 한 조각'은 시대를 초월한 삶의 주제일 뿐만 아니라, 그로 인한 19년의 감옥 살이는 사회적 이슈로 자리매김한 지 오래였다. 장 발장을 위해서 그만한 모험쯤은 있어야 할 것 같았다. 한번 그 생각이 들자 도저히 멈출 수 없었다. 그는 엉뚱한 생각에 빠진 자신을 나무랐으나 그 욕망을 잠재우지 못했다.

그를 그런 욕망에 사로잡히게 만든 것은 원작 소설이 크게 작용한 셈이었다. 그는 영화의 관람에 앞서 원작 소설을 먼저 읽어 보기로 했던 것이다. 연기자가 맡은 역할을 충분히 소화시키려면 대본을 면밀히 읽고 스스로 그 인물이 되어야 하듯 한 편의 영화를 충실히 감상하려면 원작을 먼저 소화하는 것이 순서라고 그는 생각했다. 요컨대 영화의 완벽한 감상을 위해 관람자로서의 의무를 다하고 싶었다. 원작이 대문호가 쓴 세계명작인 데다 영화도 매스컴에 찬사가 넘쳐나서 더욱 그랬는지도 모른다.

『레 미제라블』은 작품이 워낙 방대해서 완독을 하는 데 꼬박 일주일이 걸렸다. 그러나 그는 조금도 지루하지 않게 소설을 독파했다. 힘은 들었으나 그만큼 성취감도 컸다. 소설을 읽는 동안—이미 다이제스트를 읽은 바 있었지만—그 감동이 너무도 컸다. 그는 그 방대한 작품의 중요 인물들을 자기 나름대로 충분히 이해하고, 그들의 애환에 함께 울고 웃으면서 작품 속에 완전히 몰입할 수 있었다. 다 읽고 나자 작품의 줄거리는 물론, 주요 사건의 정경이나 인물들의 행위가 머릿속에 깊이 새겨졌다. 그리고 인물들의 감정까지 그대로 이입할 수 있었다. 그것이 문제라면 문제였다.

마침 집 앞에 새로 생긴 빵집이 있었다. 그는 처음으로 그 집에서 크림빵 세 개—소설에서는 장 발장이 일곱 조카들을 위해 빵 한 덩이를 훔치지만—를 샀다. 그러면서 장난기를 섞어 주인에게 물었다.

"요즘도 빵을 훔치는 사람이 있나요?"

그러자 주인이 대답했다.

"아이구, 농담도 참! 손님, 지금 누가 이까짓 빵을 훔치겠어요."

물론 지금은 풍요의 시대다. 장 발장이 한 덩이 빵을 훔친 1795년과는 완전히 다른 세상이다. 굶주림 때문에 빵을 훔치는 일은 사라졌는지도 모른다. 아무리 그렇더라도 이까짓 빵이라니! 그것은 빵에 대한 모독이었다. 주인의 그 말은 그의 의도를 돌이킬 수 없게 만들었다. 농담이라고? 그러면 내가 보여주지. 마침 주인은 무척 바빴다. 그는 나오면서 주저 없이 롤빵 하나를 슬쩍해서 주머니에 넣었다. 장 발장은 주인에게 들켰지만, 그는 너끈히 성공했다.

"이제 영화를 마음 놓고 보겠군."

그는 장 발장을 충분히 소화해서 명작에 부응한 듯한 자부심을 느꼈다.

2

메가박스는 지하철역 부근에 있었다. 그가 전동차를 내려 계단을 오르는데, 마침 노숙자 하나가 두 손을 내밀고 엎드려 있었다. 까맣게 때 긴 손바닥에 백 원짜리 동전 몇 닢이 놓여 있었다. 그는 자신도 모르게 탄성을 질렀다.

"그래, 40수였지!"

장 발장이 황량한 들판에서 떠돌이 소년에게서 빼앗은 것은 40수짜리 은화였다. 그는 그 장면이 선명하게 떠올랐다.

열 살 가량의 사부아 소년—도시를 떠돌아다니며 굴뚝 청소를 하는—이 샛길로 걸어왔다. 손풍금을 겨드랑이에 끼고 모르모트가 든 상자를 등에 지고 있다. 소년은 노래를 부르다가 이따금 멈춰 서서, 손에 쥐고 있는 돈을 공중에 던져 올렸다가 손으로 받는다. 그러다가 40수 은화 하나가 덤불 쪽에 앉아 있던 장 발장의 발밑으로 굴러왔다. 장 발장은 자기도 모르게 그 돈을 구둣발로 덮는다. "내 은화를 돌려주세요!" 소년이 애원한다. "썩 꺼지지 못해!" 장 발장이 무서운 얼굴을 하자 소년은 흐느끼며 도망친다. 나중에야 장 발장이 후회하며 소년을 찾았으나 헛일이었다. 장 발장은 머리를 쥐어뜯으며 울기 시작한다. 19년 만의 울음이었다.

그는 갑자기 가슴이 먹먹해졌다. 그 순간, 그는 장 발장으로 변신해 있었다. 그는 노숙자의 등이라도 두들겨줄 듯이 그 앞에 무릎을 꺾으며 말했다.

"여기 있었구나!"

그는 지폐 한 장을 꺼내 검은 손바닥에 올려놓았다. 그러자 먹먹하던 가슴이 조금 내려가는 듯했다. 그때, 고개를 박고 엎드려 있던 노숙자가 고개를 쳐들었다. 그는 사부아 소년처럼 어리지도 않고 야위지도 않은 중년 사내였다.

"혹시 나를 아세요?"

사내는 그의 얼굴과 지폐를 번갈아 보면서 미심쩍은 표정을 지으며 물었다.

"아니오, 나는 다만……."

그는 당황한 채 더듬거렸다.

"그럼 좀 비켜주세요."

지하철에서 내린 사람들이 줄을 이어 올라오고 있었다. 그는 황급히 일어났다. 본의 아니게 사내의 앞을 가로막고 방해

한 셈이었다. 그는 불쌍한 사부아 소년에게, 아니 노숙자에게 몹시 미안한 생각이 들었다.

3

영화관은 맨 꼭대기 층이었다. 엘리베이터를 기다리는데 앞에 여고생으로 보이는 소녀가 서 있었다. 소녀는 양동이같이 생긴 팝콘컵을 안고 있었다. 가냘픈 몸에 컵이 턱없이 커 보였다.

"오, 코제트!"

이번에도 그는 필이 꽂혀 속으로 부르짖고 말았다. 소녀가 틀림없는 코제트로 보였다. 그러자 장 발장이 쫓기는 몸으로 몽페르메유의 여인숙으로 코제트 소녀를 찾아갔던 추운 밤이 생생하게 떠올랐다.

코제트는 추위 속에서 커다란 물 양동이를 나르고 있었다.

여덟 살 소녀에게는 너무도 힘겨워 보이는 물통이었다. 장 발장은 물통을 대신 들어주었다. "애야, 이건 네가 나르기엔 너무 무겁겠구나." "하지만 저는 일을 해야 해요." 코제트의 커다란 눈에 눈물이 가득 고인다.

그의 눈앞에 이번에는 교활한 여인숙 주인 부부의 얼굴이 스쳤다. 어린 코제트에게 얼마나 가혹했던가. 그러나 그의 얼굴에 곧 회심의 미소가 지나갔다. 장 발장은 결국 교활하고 잔인한 테르나디에의 손아귀에서 코제트를 구해냈던 것이다. "코제트야, 얼른 옷을 갈아입으렴." 장 발장은 물푸레나무의 잡목숲을 뚫고 코제트를 데리고 떠났다.

엘리베이터가 멈추고 문이 열리자 소녀가 먼저 나갔다. 소녀는 여전히 팝콘을 오도독오도독 씹고 있었다.

"코제트, 영화관에선 팝콘을 먹으면 안돼."

그도 모르게 튀어나온 말이었다. 소녀가 그를 돌아보았다. 그녀의 얼굴에 잠시 의아한 표정이 떠올랐다. 그러다가 금방 재치 있는 대답이 흘러나왔다.

"장 발장 아저씨, 영화가 시작되면 안 먹을 게요."

그는 소녀의 순발력에 무안한 생각도 잊고 기분이 유쾌해졌다.

4

<레 미제라블>이 뮤지컬 영화라는 것은 매스컴을 통해 잘 알고 있었다. 그러나 모든 대사가 노래로 이루어진 줄은 몰랐다. 노래로 시작해서 노래로 끝났다. 그가 본 뮤지컬 영화는 그래도 중간중간 대화가 나오는 것이었다. 관객들이 조금 당황할 만도 하고, 그도 마찬가지였다. 그러나 오프닝이 나오자마자 어마어마한 스케일의 영상이 관객들을 압도했다.

그는 영화에 몰입하면서도 자연 소설을 떠올리지 않을 수 없었다. 소설은 언어고 영화는 영상이었다. 전자가 관념적이라면 후자는 감각적이었다. 소설과 영화는 전달에 있어서 별개의 것일 수밖에 없었다. 그러나 영화 속의 장 발장이 소설의

장 발장과 다른 인물일 수는 없었다. 장 발장은 역식 장 발장이었다.

그는 영상에 집중하면서, 자기대로 배우들의 캐스팅에 대해서는 매스컴의 찬사와 조금 견해를 달리했다. 즉, 장 발장을 맡은 휴 잭맨은 캐릭터의 고난과 고통을 드러내기에 너무 귀공자풍이고, 팡틴 역의 앤 헤서웨이는 매춘부로서는 너무 화사하고, 자베르 역의 러셀 크로우는 냉혹한 경감으로서는 너무 선량해 보이고, 코제트 역의 아만다 사이퍼리드는 총명하기보다는 너무 예쁘기만 하고, 마리우스 역의 에드 레드메인은 혁명아로서는 너무 나약한 편이었다.

영화가 그에게 소설만큼 감동을 불러일으키지 못한 것은 사실이었다. 그러나 그는 입장료가 아깝지는 않았다. 그래서 영화관을 나설 때는 어느덧 장 발장이 부른 〈Who Am I〉의 한 소절을 자막을 따라 흥얼거리고 있었다.

나는 누구인가?

내 정체를 영원히 숨길 수 있을까?

5

메가박스를 내려오자 도시에 벌써 어둠이 내려 있었다. 영화의 러닝타임 두 시간 반은 결코 짧은 시간이 아니었다. 아직도 영화의 여운에 잠긴 채 그는 코트의 깃을 올리고 지하철역으로 걸어갔다. 그런데 누군가 자꾸 뒷고대를 끌어당기는 느낌이었다. 뒤를 돌아보았으나 저녁을 맞은 시민들이 분주히 오갈 뿐이었다. 그런데도 누가 뒤따라오는 듯해서 몇 번이나 더 돌아보았다.

그는 갑자기 생각나서 코트 주머니에 손을 넣었다. 아, 아직도 거기에 들어 있었다. 어제 훔친 롤빵! 그는 화들짝 놀랐다. 어제 빵집을 나오면서 슬쩍한 그 빵을 지금까지 주머니에 넣어둔 채 그대로 잊고 있었던 것이다. 그는 빵을 꺼내며 누가

154

보기라도 하듯 주위를 살폈다. 조금 굳었으나 아직은 먹을 만했다. 그는 빵ー장 발장은 주인에게 들키자 멀리 던져 버렸지만ー을 꼭꼭 씹으며 걸어갔다.

빵을 씹으면서 그는 좀 전의 느낌이 무엇 때문이었는지 그제야 이해할 것도 같았다. 그와 동시에 한 사내의 얼굴이 눈앞을 스쳤다. 그 사내의 날카로운 눈이 그를 쏘아보고 있는 듯해서 별안간 몸이 움츠러들었다. 소설 속의 묘사에 따르자면, '문명에 봉사하고 있는 야만인, 로마인과 스파르타인과 수도사와 하사가 기묘하게 뒤섞여 있는 사나이, 거짓말을 하지 못하는 밀정, 결벽한 경비견', 바로 자베르였다. 이 사내는 '꿋꿋하고, 분명하고, 진지하고, 성실하고, 엄격하고도 광포한 양심'을 지닌 원칙주의자였다.

"자베르라면 나를 당장 체포하겠지?"

그는 혼자 중얼거리며 진저리를 쳤다.

그는 지하철 입구에 이르자 계단을 내려갔다. 낮의 노숙자 사내는 보이지 않았다. 그는 발걸음을 멈추었다. 사부아 소년은 어디로 갔을까? 그는 그냥 돌아가기에는 뭔가 미진한 게 남았다. 소설과 영화가 아직도 그를 놓아주지 않았다. 그는 다시 계단을 올라왔다.

그는 부근의 순댓국집으로 들어갔다. 순댓국에 소주 한 병을 반주로 해서 들며, 그는 레 미제라블의 시대를 되돌아보았다. 빵을 훔치는 자도 없지만 감격의 시대도 지나가 버렸다. 혁명의 시대는 더더구나 아니었다. 장 발장은 세상 어디에서도 찾아보기 어렵다. 이제 누가 코제트를 구원한단 말인가. 그것이 그를 취기와 함께 슬픔에 젖게 만들었다.

그러나 그는 이쯤에서 대서사시를 내려놓고 장 발장과도 이별해야 될 것 같았다. 소설의 마지막 장에 나오는 장 발장의 묘비명이 머리를 스쳤다.

그는 잠들다. 기구한 운명에 휘말렸으나, 그것에 견디고
그는 살았다. 그리고 그의 사랑하는 천사가 그 곁을 떠났을
때, 세상을 버렸다.

이러한 일은 저절로 조용히 일어나는 것,
낮이 가면 밤이 찾아오듯이.

장 발장을 위해 그는 마지막 술잔을 들었다.

그때, 누군가 뒤에서 그를 부른 것 같았다. 취기 속에서도 그는 분명히 들은 것 같았다.

"24601번!"

그것은 장 발장의 수인 번호였다.

"오, 끈질기기도 하군!"

그는 투덜거리며 뒤를 돌아보았다. 그리고 다시 한 번 놀랐다. 지하철 계단의 그 노숙자 사내가 그의 등 뒤에 캄캄한 손을 내밀고 서 있었다.

시인과 덩굴손과 버려진 발

4월이 되자 인동덩굴이 하루가 다르게 푸른 손들을 내뻗었습니다. 그것을 보면서 시인은 근심에 잠겼습니다. 또 덩굴손을 자를 일 때문이었습니다.

시인은 몇 년 전에 이 아파트 맨 아래층으로 이사를 왔습니다. 1층이다 보니 베란다의 창문을 열면 집의 내부가 그대로 드러났습니다. 창문을 닫아 두어도 밖이 훤히 내다보여 마음이 놓이지 않기는 마찬가지였습니다. 그래서 항상 버티컬블

158

라인드를 내려두지 않으면 안 되었습니다.

이듬해, 시인은 창 앞 화단에다 인동 두 그루를 심었습니다. 인동의 푸른 잎으로 창을 자연스레 가리기 위해서였습니다. 줄기가 자라고 넝쿨이 퍼지면서 창을 조금씩 덮어 나갔습니다. 자란 만큼 바깥의 시선을 가려주는 것이 고마웠습니다. 거기에다 푸른 잎과 앙증스러운 덩굴손이 얼마나 마음을 싱그럽게 하는지 몰랐습니다. 해마다 초여름이면 꽃도 피웠습니다. 처음에는 하얀 꽃이 피었다가, 몇 차례 나비와 벌들이 날아와서 놀다 간 뒤면 어느새 노란 꽃이 되었습니다. 그래서 이름도 금은화였습니다.

그런데 작년부터 인동의 덩굴손이 케이블 선을 감아 오르기 시작했습니다. 케이블 선은 15층 꼭대기까지 이어져 있었습니다. 그대로 두면 아파트 끝까지 타고 오를 기세였습니다. 덩굴손은 왼손잡이라 시계 반대 방향으로 감는데, 용수철처럼 한번 감으면 풀리지 않았습니다.

푸른 덩굴손을 바라보면서, 시인은 아직도 기억에 생생한 어떤 풍경을 문득 떠올렸습니다. 어느 해인가 황량한 재개발 지역을 찾은 적이 있었습니다. 서울에서도 가장 큰 달동네였습니다. 살던 사람들이 모두 떠나고, 드넓은 고지대가 온통 버려진 빈집으로 뒤덮여 있었습니다. 해체된 채 속이 그대로 드러난 마을은 혼자 지나가기가 무서울 만큼 을씨년스러운 광경이었습니다. 금방 귀신이라도 나올 것 같았습니다.

그런데 그 을씨년스러운 폐허 속에 붉은 꽃이 피어 있었습니다. 어느 빈집 담장 위로 피어 있는 능소화였습니다. 나무를 타고 오른 꽃나무 가지에 붉은 꽃송이들이 주저리주저리 매달린 채 폐허를 굽어보고 있었습니다. 텅 빈 재개발 지역을 홀로 환하게 지키고 있던 능소화! 가슴이 저리도록 애절하고 아름다운 광경이었습니다.

시인은 그 광경을 새삼 떠올리면서 혼자 꿈꿔 보았습니다. 인동의 덩굴손이 아파트의 꼭대기 층까지 재주 부리듯 타고 올라 금은화를 피우면, 그날의 저 능소화처럼 이 성냥갑 같은 밋밋한 건물을 얼마나 아름답게 바꾸어 놓을까, 하고. 그것은 시인다운 꿈이었습니다. 그러나 혼자의 꿈일 뿐이었습니다.

어느 날, 관리소장이 찾아왔습니다. 덩굴손이 이층까지 타고 올랐을 때였습니다.

"저 덩굴손을 자르세요. 그리고 위로 오르지 못하게 하세요."

"저 푸른 인동덩굴이 아파트 끝까지 타고 오르면 얼마나 장관일까요? 거기에다 하얀 꽃까지 핀다면 얼마나 아름다울까요?"

시인은 소장을 설득시키려고 했습니다.

"그건 선생님 생각이고요. 그냥 두면 민원이 들어옵니다."

"푸른 잎과 흰 꽃을 누가 싫어하겠어요?"

"그것을 싫어하는 사람도 있으니 문제지요."

시인은 소장의 말에 할 말이 없었습니다. 대체 그런 사람들은 어떤 사람들일까 궁금했습니다. 그리고 그런 사람들이 바로 이웃에 있다니 서글플 뿐이었습니다.

"인동초는 추운 겨울도 이겨내는데 그래도 싫어할까요?"

시인은 한 번 더 관리소장에게 호소했습니다.

"그걸 몇 사람이나 알겠어요? 사람들은 겨울이 추운 줄도 몰라요."

"인동은 겨울에도 잎이 남아 있어요. 그래서 이름도 인동초랍니다."

"그래도 안 됩니다. 직접 자르지 않으면 우리 관리소 기사가 자를 겁니다."

관리소장의 최후통첩이었습니다.

시인은 할 수 없이 위로 오르는 덩굴손을 자를 수밖에 없었습니다. 기사의 손에 덩굴손을 맡길 수는 없었습니다. 전지가위로 싱싱한 덩굴손을 싹둑 자를 때, 아야! 하고 잘린 덩굴손이 비명을 지르는 것 같았습니다. 그 순간, 시인은 자신의 손가락이 잘려 나가는 듯한 통증을 느꼈습니다.

그날 밤, 시인은 잘린 덩굴손을 생각하며 시 한 편을 썼습니다.

덩굴손

창문 앞 화단에
인동덩굴이 자랍니다.

아파트 아래층에 이사 와서
밖이 너무 훤해 심었지요.

올해 봄, 덩굴손이 씩씩하게
케이블 선을 감고 올랐습니다.

덩굴손은 하늘까지
타고 오를 것 같았어요.

싹둑!
자르지 않았다면 말입니다.

그날 밤, 하늘까지
키가 자란 덩굴손이

별과 악수하는 것을 보았어요.

인동의 잎사귀가 더욱 푸르러지고 덩굴손이 힘차게 뻗어
오를수록 시인의 걱정도 더욱 커지고 있었습니다. 사실 작년
에 덩굴손을 자르면서 고통을 느꼈을 때는, 봄이 되기 전에 인
동을 캐내거나 베어 버릴까 하는 생각도 했습니다. 다시 덩굴
손을 자르며 비명을 듣느니 차라리 없는 편이 나을 것 같았습
니다. 창문이 훤히 드러나서 다시 답답한 버티컬블라인드를
내리는 한이 있더라도…….

2

봄이 되기를 기다려 어느 집이 이사를 간 모양이었습니다.
관리실 옆 공터에 버린 세간이 잔뜩 쌓여 있었습니다. 누구나
이사를 갈 때면 아껴 썼던 물건들을 꼭 저렇게 버리고 갔습니
다. 지금까지의 인연을 헌신짝 버리듯이 말입니다. 그것이 시

인은 늘 못마땅했습니다.

그런데 버려진 소파와 침대, 책장 들 사이에 희한한 것이 눈에 띄었습니다. 액자 속에 들어 있는, 한 쌍의 아기 발이었습니다. 자세히 살펴보니, 데스마스크를 뜨듯 아기의 두 발을 석고로 뜨고 금분을 바른 조형물이었습니다. 눈에 먼저 띈 것이 두 발이어서, 시인은 순간적으로 누가 아기의 발을 버리고 간 듯한 착각에 빠졌습니다.

시인은, 두 발을 석고로 떠서 아기의 탄생을 기념한다는 것도 처음 알았습니다. 그런데 그 아기의 발을 왜 버리고 갔는지 이해할 수 없었습니다. 대체 어떤 사람이 저 소중한 추억을 휴지 버리듯 버리고 갔을까, 금방이라도 액자 밖으로 아장아장 걸어 나올 듯한 아기의 발을 저렇듯 섬뜩하게 내팽개치고 갔을까? 도대체 알 수 없었습니다.

두 발 아래에 이런 기록까지 있었습니다.

아이 이름: 이서령
혈액형: B
몸무게: 3.79kg
출생연월일: 2008년, 12월 19일, 19시
아빠 이철수, 엄마 김영희

그리고 아기의 탄생을 축하하여 이런 글까지 남겼습니다.

아가야,
사랑과 행복이 너와 함께하며
밝고 건강하게 예쁜 꿈 키우며 자라기를
아빠 엄마는 기원한다.

시인은 다시 재개발 지역의 어떤 광경을 떠올렸습니다. 우
연히도 지금 이 장면과 묘한 일치를 보여주는 광경이었습니다.
모두 떠난 어느 집 마당에 아이 사진첩이 버려져 있었습니
다. 그 사진첩 속에는 귀여운 아이의 성장과정이 밝은 표정과

앙증스러운 몸짓과 함께 연대순으로 가지런히 정리되어 있었습니다. 하지만 다섯 살 무렵이 끝이었습니다. 버리고 간 허섭스레기들 사이에서 그 마지막 모습은 환하게 웃고 있었습니다. 그래서 더욱 슬픔을 느끼게 했습니다.

시인은 그때도 아이의 사진첩을 왜 버리고 갔는지 이해할 수 없었습니다. 그래서 몇 가지 추리를 했었습니다.

─엄마와 아빠가 갈라섰을까?

그렇다면 아이를 맡은 쪽이 사진첩을 가져갔겠지.

─그 한쪽이 새 가정을 이루었을까?

그렇더라도 숨긴다면 몰라도 버리지는 않았겠지.

─멀리 이민을 떠났거나 갑자기 교통사고라도 당했을까?

그래도 누구에게 맡기지 이렇듯 버려질 턱이야 없겠지.

─혹시 아이가 죽었을까?

그러다가 환한 웃음을 짓고 있는 아이에게 너무 미안해서 추측을 그만두었습니다. 어쨌든 해체된 가족의 슬픈 모습이었습니다. 재개발 때문에 사진도 미처 챙길 새 없이 뿔뿔이 흩어질 수밖에 없는 사연이 있었겠지, 하고 말았었습니다.

아기의 발을 보며, 시인은 다시 생각에 잠겼습니다. 비록 상황은 다르지만, 두 발이 버려진 이 아이도 같은 운명이었을까? 아이는 올해로 열 살이 되었습니다. 아이의 발은 얼마나 더 컸을까. 아이는 자신의 발이 이렇게 버려진 걸 알고 있을까. 아이가 정말 두 발을 잃은 채 살아가는 건 아닐까. 시인은 버려진 아기의 발 앞을 쉽게 떠날 수 없었습니다.

3

그날 밤이었습니다. 시인은 오래 잠을 이룰 수 없었습니다. 시름에 잠겨 이리저리 뒤척이다 겨우 잠이 들었습니다.

먼저 나타난 건 작년에 전지가위로 싹둑 잘랐던 덩굴손이었습니다. 아직도 뚝뚝 피를 흘리고 있었습니다.

─시인 아저씨, 올해는 제 동생들을 자르지 마세요.

시인은 덩굴손 보기가 부끄러웠지만 솔직하게 말하지 않을 수 없었습니다.

　－애야, 소장 때문에 어쩔 수 없단다.

　－소장은 그렇게도 나쁜 사람이에요?

　－소장도 아파트 관리 때문이지 일부러 그러는 건 아니란다.

　－그럼 제가 동생들에게 이를 게요. 위로 오르지 말고 옆으로 나아가라고요.

　－그렇게 되겠니?

　－타일러 볼 게요. 위로 오르다 잘리는 것보다 낫잖아요.

　－그래서 나도 걱정이란다, 또 자를 일이 생기면 어쩔까, 하고.

　－위로만 오르지 말라고 아저씨도 주의를 주세요.

　덩굴손이 사라지자, 이번에는 아기의 황금발이 나타났습니다.

　－시인 아저씨, 발이 시려 죽겠어요.

　시인은 깜짝 놀라 물었습니다.

—지금 어디에 있니?

—아직 그 자리에 있어요.

—아, 그렇구나.

—아무도 절 데려가지 않아요.

—내가 잘못 생각했구나.

시인은 아까 낮에 아기의 발을 데리고 들어오지 못한 것을 후회했습니다. 사실은 아기의 발을 그대로 버려두는 게 마음에 걸렸습니다. 그래서 가지고 올까도 생각했었습니다. 그러나 아기의 엄마 아빠를 생각하자 그럴 수가 없었습니다. 혹시 그들이 다시 와서 가져갈지도 모르는 일이었습니다. 버리고 간 사람들이 그럴 일은 거의 없겠지만······.

—그래, 아저씨가 돌봐주마.

시인은 얼른 일어나 밖으로 나갔습니다. 언제부터 내렸는지 비가 내리고 있었습니다. 시인은 버리고 간 물건들이 쌓인 관리실 옆 공터로 갔습니다. 물건들 사이에서 아기의 발이 비를 맞고 있었습니다. 시인은 얼른 아기의 발이 든 액자를 품에

감싸 안았습니다.

　-그래, 아저씨가 잘못했다.

　-고마워요, 아저씨.

　-내가 꼭 엄마 아빠를 찾아줄게. 이 세상 어딘가에 살아 있을 테니까.

　시인은 아기의 발을 데리고 집으로 들어왔습니다.

　이튿날, 시인이 잠을 깨어보니 머리맡에 아기의 두 발이 가지런히 놓여 있었습니다.

키다리와 작다리

S#.1 어느 전동차 안

정장에 넥타이를 한 두 사람이 노약자석에 나란히 앉아 있
다. 나이는 60대 후반으로 비슷해 보이지만 외양은 아주 대조
적이다. 앉은키가 한쪽은 우뚝한데 한쪽은 나지막하고, 얼굴
이 한쪽은 희멀건데 한쪽은 까무잡잡하고, 이마가 한쪽은 훤
한데 한쪽은 좁다랗고, 머리카락이 한쪽은 흰데 한쪽은 검고,
거기에다 한쪽은 맨눈인데 한쪽은 안경을 끼고 있다.

그런데 얼굴의 표정마저 마찬가지다. 키가 우뚝하고, 얼굴이 희멀겋고, 이마가 훤하고, 머리카락이 희고, 맨눈인 쪽은 충치라도 앓듯 잔뜩 찌푸린 얼굴인데 키가 나지막하고, 얼굴이 까무잡잡하고, 이마가 좁다랗고, 머리카락이 검고, 안경을 낀 쪽은 복권이라도 당첨된 듯 환한 얼굴이다.

두 사람은 전혀 모르는 사이인 듯하다. 나란히 앉았지만, 전동차가 달리고 승객이 타고 내리는 동안 한마디도 말을 나누지 않는다. 그들은 한 전동차에 우연히 자리를 함께하게 된 것을 뺀다면 외양만큼이나 서로 인연이 멀어 보인다. 그래서 별다른 일이 없다면 서로 맞닥뜨릴 일이 영영 없어도 조금도 이상할 게 없을 것 같다.

S#.2 강남의 어느 지하철역

두 사람은 공교롭게도 같은 역에 함께 내린다. 그리고 출구를 찾아 나가다가 혼잡 속에서 뜻밖에도 서로 말을 걸게 된다. 말을 먼저 건 사람은 안경을 끼지 않은 키다리 쪽이다.

"말 좀 묻겠소. 4번 출구가 어느 쪽이오?"

그는 방향을 제대로 찾지 못한 모양이다. 근시안인지 두 눈을 잔뜩 찡그리고 있다.

"저도 그 출구로 나갑니다. 절 따라오세요."

안경 낀 작다리가 친절하게 응대하면서 두 사람은 동행이 된다.

"이렇게 복잡해서야 어디가 어딘지, 원!"

키다리는 뭔가 단단히 심통이 나 있다.

"사람이 너무 많아서 그래요."

작다리가 장단을 맞춘다.

마침내 두 사람은 인파의 미로를 뚫고, 초등학생들처럼 앞뒤로 나란히 서서 4번 출구를 빠져 나온다. 그런데 출구를 벗어나고도 목적지가 한 방향인지, 두 사람은 한참을 함께 걸어간다.

"전 행복예식장을 찾아가는데 선생께서는?"

이번에는 작다리가 먼저 말을 건다.

"나도 거기까지 가오."

"그러시군요. 그럼 결혼식에 가시는군요."

"결혼식이 아니라면 거기 뭐 하러 가겠소, 이 고생을 하면서."

키다리는 여전히 심통이 나 있는 듯하다.

"전 조카 녀석 결혼식이 있답니다."

"난 조카딸년이오."

두 사람은 잠시 얼굴을 마주했다가 고개를 돌리고 걸어간다. 그러나 그들이 찾아가는 행복예식장까지는 잠자코 걸어가기에는 좀 먼 거리다. 두 사람은 이미 대화를 나눈 사이다. 이번에도 작다리가 먼저 말을 붙인다.

"선생께서는 혼인에 인연이라는 걸 믿으시는지요?"

"인연?"

키다리는 홍, 하고 코웃음을 치며 덧붙인다.

"요즘 애들, 만나고 헤어지는 거 다 제멋대로들 아니오?"

"그렇기는 하지요."

"그러니 인연이고 뭐고 따질 게 있어야지."

"그것도 인연 때문이 아닐까요?"

"그렇다면 인연 아닌 게 어디 있겠소."

"인연도 인연 나름이겠지요. 좋은 인연이 있으면 나쁜 인연도 있겠지요."

"그러니 신혼여행 갔다가 갈라서도 인연이라고 우기겠지."

웬일인지 키다리는 더욱 심사가 틀어진 것 같다.

"오늘 결혼하는 제 조카를 보면 인연이란 게 있다고 느껴져요."

작다리가 느꺼운 얼굴로 키다리를 올려다보며 덧붙인다.

"인연 아니고는 설명할 수 없으니까요."

"그렇소? 그쪽은 참 다행이구려."

이번에는 키다리가 억울한 얼굴로 작다리를 내려다보며 덧붙인다.

"난 조카딸을 생각하면 지금도 울화통이 터진다오."

"제 조카는 큰 불행을 겪었지만 대단한 애랍니다."

작다리는 더욱 느꺼운 표정이다.

"똑똑하고 참한 제 조카딸은 고생문을 찾아 스스로 걸어 들어갔다오."

키다리는 더욱 억울한 표정이지만, 두 사람의 대화는 묘하게 아귀가 맞아떨어진다.

"결혼을 반대하신 것 같군요. 신랑이 마음에 차지 않았던가 보지요?"

"차고 안 차고 간에 그렇게 똑똑한 애가 어디 신랑감이 없어서……."

그러다가 키다리는 그만 입을 다물고 만다. 그의 얼굴에, 실망스런 자신의 심정을 길 가다 우연히 만난 사람에게까지 털어놓고 있는 자신이 참으로 한심하다는 표정이 떠올라 있다.

키다리의 말에 작다리가 잠시 의아한 표정을 짓는다. 그러다가 알 듯 말 듯한 미소와 함께 혼자 고개를 주억거린다.

　마침내 키다리와 작다리는 예식장 앞에 도착한다. 예식장
은 사람들로 몹시 붐빈다.

　"여기서 헤어져야겠군요."

　"피차일반이오."

　두 사람은 인사를 나누는 둥 마는 둥 인파에 휩쓸려 헤어진다.

　S#.3 행복예식장 장미실 안

　오늘도 행복예식장에는 여러 쌍의 결혼식이 치러지고 있
다. 대형 예식장답게 아래 위층에 신랑과 신부가 여러 쌍이다.

　그런데 장미실의 신랑 신부는 다른 쌍과는 달리 보기 드문
한 쌍이다. 신랑 신부의 입장부터 달랐다. 신부가 까만 안경을
낀 신랑의 팔을 부축하고 함께 들어선 것이다. 하객들 사이에
동요가 인다.

"신부가 신랑을 부축하고 나오네."

"신랑이 앞을 못 보니!"

한순간 동요가 탄식으로 바뀐다.

"쯧쯧, 저렇게 환한 신부가……."

"아무리 환하면 뭐 해. 신랑이 신부의 얼굴을 볼 수도 없는 걸."

그때, 주례가 의외의 주문을 한다.

"하객 여러분, 모두 자리에서 일어나 신랑 신부에게 경의를 표하세요!"

그리고 잠시 뒤에 이어진 주례사가 하객들의 동요와 탄식을 일순간에 잠재운다.

"신랑은 불의의 사고를 당해 앞을 보지 못하는 불행을 겪었으나 그것을 극복하고 훌륭한 사회인으로 우뚝 설 수 있었고, 그 뒤에는 신부의 헌신적인 사랑이 있었습니다."

양가 혼주들 중 어머니들이 손수건을 꺼내 얼굴을 가린다.

"이제 신부는 신랑의 눈이 되기 위해, 모든 난관을 무릅쓰고 평생의 반려자로서 이 자리에 섰습니다."

하객들 중에도 눈시울을 붉히는 사람이 있다.

"참으로 아름다운 약속이요, 갸륵한 선택이며, 위대한 인간 승리입니다……."

주례가 신랑의 불굴의 의지와 노력, 신부의 헌신적 사랑과 희생에 다시 한 번 찬사를 보내며 주례사를 끝맺자 식장이 떠나갈 듯 요란한 박수가 오래오래 이어진다.

S#.4 결혼식이 끝난 예식장 앞

하객 인파가 밀물과 썰물처럼 들고 난 뒤 조금 뜸한 시간이다. 키다리와 작다리가 약속이라도 한 듯 다시 마주친다.

"다시 지하철역까지 함께 걸어가게 되었군요."

작다리가 안경을 밀어 올리며 말한다.

"그런 것 같소."

키다리가 맨눈을 비비며 대답한다.

"오늘은 어쩐지 햇살이 더욱 눈부시군요."

작다리가 하늘을 쳐다보며 말한다.

"나도 안경을 맞춰야 되겠소."

키다리가 시선을 아래로 둔 채 대꾸한다.

"오늘 몇 쌍의 결혼이 있었을까요?"

"그걸 알아서 뭐 하겠소."

"제 조카는 그 중에서 가장 큰 축복을 받았지요."

작다리가 자랑스럽게 말한다.

"내 조카딸도 못지않았소."

키다리도 지지 않고 대꾸한다.

"저는 결혼식이 다 같지 않다는 걸 오늘 알았습니다."

작다리의 얼굴에는 아직도 감격의 여운이 그대로 남아 있다.

"나도 그런 생각을 하는 중이오."

키다리는 여전히 무뚝뚝했으나 심통은 현저히 가라앉은 듯
하다.

"아직도 울화통이 터지십니까?"

작다리가 웃음을 띠고 묻는다.

"신랑 녀석이 생각보단 대단합디다."

키다리의 얼굴에도 웃음이 내비치려 한다.

"제가 보기엔 신부가 백 배 더 훌륭하던걸요."

"그렇다면 다행이오."

두 사람이 동시에 얼굴을 마주한다. 한 사람은 위로, 한 사람은 아래로.

"어디 가서 차라도 한잔……."

작다리는 헤어지기 아쉬운 듯하다.

"차보다 더 좋은 게 있지 않소."

키다리도 미진한 모양이다.

키다리가 상대방의 뜻을 확인하지도 않고 앞장서 예식장을 벗어난다.

S#.5 대로의 뒤편 어느 주점 안

키다리와 작다리가 맥주잔을 앞에 하고 마주앉아 있다.

"우리가 전동차 경로석 옆자리에 앉은 건 우연일까요, 인연일까요?"

작다리가 키다리를 건너다보며 묻는다.

"내가 차를 타기 전에 화장실에 다녀오지 않았다면 못 만날 뻔했소."

키다리가 천만다행이란 듯 대답한다.

"그러고 보면 인연이란 게 따로 있는 모양입니다."

"오늘 같으면 있어서 나쁠 것도 없을 것 같소."

두 사람의 톱니바퀴가 다시 맞아떨어지고 있다.

"그렇다면 대체 그게 뭘까요?"

그러자 키다리가 맥주잔을 번쩍 들어 올려 작다리의 잔에 부딪치며 대답한다.

"자기 앞의 잔이오!"

헬스클럽

그가 헬스클럽 회원이 된 건 전적으로 실수 때문이었다. 갑자기 팔과 어깨가 아파 정형외과를 찾아간다는 게 엘리베이터를 잘못 내려 헬스클럽으로 가고 말았다. 그는 헬스에 대해 관심이 없었고, 거기에 그런 게 있는 줄도 몰랐다.

"안녕하세요."

마침 열린 문으로 한 여자가 나오면서 반갑게 인사했다. 그녀는 그를 잘 알고 있는 듯한 태도였다.

"혹시 나를 아세요?"

"회원 아니세요?"

"아닌데요. 여기가 뭐 하는 데죠?"

열린 문 안에서 템포 빠른 음악이 흘러나왔다.

"헬스클럽입니다."

문 앞 신발장에 운동화가 가득했다.

"나는 정형외과를 찾아왔는데요?"

"잘못 오셨군요. 3층입니다."

그는 무안해서 한마디 변명을 해야 할 것 같았다.

"팔과 어깨가 아파서요."

하고 보니 필요 없는 말이었다.

"어떻게 아프신데요?"

그녀가 친절하게도 장단을 맞춰 주었다.

"팔을 들어올리기가 어려워요."

"오십견인가 보군요."

"오십을 훨씬 넘겼는데요."

"그래요? 그렇게 안 보이는데요."

젊어 보인다는 말에 기분이 들떠 그는 또 엉뚱한 말을 하고
말았다.

"병원엔 정말 가기 싫어요."

"그럼 이리 들어와 보세요."

그는 그녀를 따라 헬스클럽으로 들어갔다. 그녀는 그를 플
로어로 데리고 가서 몇 가지 스트레칭을 시켰다. 그러자 마술
을 부린 듯 팔과 어깨가 풀린 것 같았다.

"이젠 정형외과에 갈 필요가 없어졌죠?"

그래서 그는 난생 처음 헬스클럽의 회원이 되었다. 그녀의
친절 때문에도 가입하지 않을 수 없었다. 그녀는 클럽의 시간
제 강사였다.

그는 3개월 회원권을 끊어 부지런히 헬스클럽에 나갔다.
기구를 이용한 몇 가지 기본적인 운동법은 그녀에게 배웠다.
클럽에는 다양한 운동기구가 비치되어 있었다. 그러나 그것
을 한꺼번에 이용할 수는 없었다. 이것저것 기구를 써서 땀을

뻘뻘 흘리며 죽어라고 하는 사람도 있었으나 그는 아직 게으른 초보자였다.

그는 처음 한동안은 운동보다 회원들의 모습을 관찰하는 게 더 흥미로웠다. 세상살이처럼 운동하는 모습도 제각각인 데다 독특하게 눈에 띄는 사람들이 있었다.

그 중 한 중년 사내는 육체미대회라도 준비하는지 역기와 아령으로 근육운동에 매진하고 있었다. 가슴과 양팔, 허벅지에 제법 그럴듯한 근육이 조성되어 있었다. 그런데 역기를 들어 올릴 때마다 아아, 하고 괴성을 지르는 것이었다. 물론 힘든 운동이라 기합을 넣기 위해 소리를 지를 수는 있었다. 그러나 그 괴성이 어찌나 요란하고 야릇한지 절로 웃음이 나면서도 듣기 민망했다. 한마디로 비유하자면, 섹스를 치르면서 절정을 치달을 때 지르는 신음을 연상케 하는 것이었다. 그럴 때마다 여자 회원들이 얼마나 당황할까 조마조마했으나 본인은 조금도 개의치 않는 것 같았다. 오히려 그것을 노리는 게 아닌가 싶기도 했다. 그런데 여자들도 전혀 관계치 않는 건 마찬가지였다. 여러 번 들어 이미 귀에 익었는지 오히려 운동 중의 여흥쯤으로 즐기는 듯했다. 개중에는 얼굴이 달아오른 여자도 있는 듯했으나 괴성 때문인지는 알 수 없었다. 오래 함께 운동을 해서인지 당사자는 여자들과도 잘 어울렸다. 공연히 조마조마해 한 것은 그였다.

"이리 와서 커피 한잔 해요, 한참 힘썼으니."

카운터 옆 탁자에 둘러앉은 여자들은 곧잘 사내를 불렀다.

"오, 땡큐! 한바탕 땀을 쏟았더니 뻐근하군."

트레이닝 복이 흠뻑 젖은 사내는 노골적으로 야성미를 드러내 보이며 그녀들의 초대를 마다하지 않았다.

어느 날, 우연히 그 사람과 샤워를 함께 하면서 보니 튼실한 한쪽 팔뚝에 한자 문신이 새겨져 있는데, 놀랍게도 한시의 한 구절이었다. 樹欲靜而風不止. 나무가 고요하려 하나 바람이 그치지 않는다는 뜻이었다.

또 한 사람은 의외의 인물로 노년의 여사였다. 그녀의 주된 운동은 신문을 곁들인 자전거타기였다. 나이든 이들 중에는 여사 말고도 신문을 보면서 자전거를 타는 사람이 더러 있었다. 지루하지 않게 운동을 하기 위한 방법이었다. 그러나 그녀는 자전거를 타기 위해 신문을 읽는 다른 사람들과는 달리, 신문을 읽기 위해 자전거를 타는 것 같았다. 하도 열심히 읽어서 신문을 보려고 헬스클럽에 온 게 아닌지 착각이 들 정도였다.

팔십을 넘긴 나이에 헬스를 다니는 것도 드문 경우였다. 그런데도 헬스클럽에서 구독하는 몇 가지 신문을 안경도 끼지 않고 꼼꼼히 읽는 것은 더욱 놀라웠다.

신문의 기사 중 그녀가 가장 관심을 쏟는 부분은 정치 쪽이었다. 그래서 정치적 쟁점마다 반드시 논평을 달았다. 주로 적폐청산, 여야대치, 댓글공작, 북핵문제, 남북회담, 북미회담 등에 관한 것이었는데, 전문적이고도 구체적이며 신랄한 편이었다. 그리고 그녀의 마지막 결론은 한결같은 탄식이었다.

"아, 국운이 언제나 돌아오려누!"

그럴 때면 그녀는 영락없는 우국지사였다.

어느 날, 노파와 나란히 앉아 자전거를 타고 있는데, 노파가 불문곡직 그에게 묻는 것이었다.

"선생은 우리 정치의 질곡이 뭐라고 생각하우?"

"무슨 말씀이신지?"

그는 정치에는 관심이 없었다.

"다시 말해, 우리 정치가 어떻게 변해야 하느냐 말이우."

"모르겠는데요."

"선생에게도 애국심이 있을 거 아니우?"

그녀는 한심한 듯 그를 바라보았다. 그는 너무 당황하여 자전거의 페달에서 발이 빠지고 말았다. 그러나 무슨 당을 지지하는지 묻지 않은 것만도 천만다행이었다.

어쨌든 그는 헬스클럽에 나름대로 적응해 갔다. 그 뒤로 다행히 팔과 어깨의 통증도 사라졌다.

어느 날, 헬스클럽의 출입문에 난데없이 남자의 사진 한 장이 붙어 있었다. 그리고 그 위에 검은 매직펜으로 용의자라고 씌어 있었다. 알고 보니 누군가 운동화를 분실했는데, 사진 속의 사내가 CCTV에 찍힌 용의자라는 것이었다.

"어제 이 사람이 회원 가입에 대해 묻고 갔어요."

관장이 설명했다.

"범행 현장이 카메라에 잡혔나요?"

한 사람이 물었다.

"현장이고 뭐고 손에 뭘 들었잖아요."

사내의 손에 쇼핑백이 들려 있었다.

"분실한 신발의 상표가 뭡니까?"

그것이 중요하다는 듯이 또 한 사람이 물었다.

"나이킵니다."

"비싼 걸 골라 갔군."

그러나 나이키에도 가짜가 많았다. 그도 헬스클럽에 가입하고 아름다운가게에서 중고 나이키를 구입했는데 진짜인지는 자신할 수 없었다.

그는 사진 속의 사내 얼굴을 살펴보았다. 물론 모르는 사람이었다. 그러나 편의점이나 마을버스 정류장에서 한두 번은 만났음직한 얼굴이었다. 그는 아주 평범하고 평화로운 얼굴이었다.

"운동화를 훔칠 사람 같진 않은데요?"

"절도범 얼굴이 따로 있나요?"

관장이 그에게 되물었다.

며칠 뒤, 그는 운동을 마치고 내려오다가 강사와 엘리베이터를 함께 타게 되었다. 그녀는 새벽부터 헬스클럽을 지키다가 정오에 관장과 교대했다. 엘리베이터 안에서 그녀와 마주치기는 처음이었다.

"왜 그렇게 멋을 부려요?"

그는 마침 선글라스를 끼고 있었다.

"오, 땡큐!"

그는 자기도 모르게 육체미 사내처럼 대답했다.

"새벽부터 나왔더니 배가 너무 고파요."

아래 지하층에 식당이 있었다. 그녀가 밥을 얻어먹으려고 입에 발린 소리를 한 것이라고는 생각하고 싶지 않았다. 그도 마침 배가 고팠다.

트레이닝 복이 아닌 평상복을 입고 마주앉은 그녀는 전혀 다른 사람 같았다. 헬스로 다져진 탄탄한 몸매의 그녀가 의외로 여성스러웠다.

"용의자는 어떻게 되었소?"

"쉽게 잡히겠어요?"

"그럼 뭐 하러 사진을 붙여?"

"그냥 경종을 울리는 거죠."

"그 사람이 정말 가입하러 오면 어쩌지?"

"그럼 피차 좋은 일이죠."

"어째서?"

"클럽은 회원이 늘어서 좋고, 그 사람은 혐의를 벗어서 좋고."

그녀의 정리는 단순 명쾌했다.

"그럼 잃어버린 운동화는 어떻게 되는 거지?"

"진짜 나이키라도 포기해야죠."

"그래야 건강에 좋은가?

"그래야 헬스클럽 회원이죠."

그 뒤, 그는 다른 일로 며칠 헬스클럽을 빠지게 되었다. 그러고 나서 나갔더니 그녀의 모습이 보이지 않았다. 관장이 클럽을 지키고 있었다.

그는 지나가는 말처럼 물었다.

"강사가 안 보이네요?"

그러자 관장이 짧게 대답했다.

"아이구, 징글징글해요."

관장은 더 이상 설명 없이 고개를 절레절레 흔들었다. 그런데 공교롭게도 그 육체미 친구도 함께 보이지 않았다.

그가 헬스클럽을 그만두게 된 건 꼭 그녀 때문만은 아니었다. 그러나 그녀가 없는 헬스클럽에 매력이 떨어진 건 사실이었다. 그녀가 사라지자 어쩐지 운동이 시들해지고 말았다. 그런 가운데 두 가지 사건이 있었다.

하나는 노파의 졸도였다.

어느 날, 신문을 읽던 그녀가 자전거 위에서 정신을 잃는 일이 벌어졌다. 여느 때처럼 신문을 보며 국운을 우려하던 그녀가 갑자기 쓰러진 것이다. 보다가 팽개쳐진 신문에는 퉁퉁하게 살 오른 얼굴에, 이상한 머리를 하고, 뿔테 안경을 낀 젊은 독재자의 희극적인 얼굴이 커다랗게 나와 있었다.

다음날, 헬스클럽에 갔더니 노파는 다행히 무사하다는 것이었다. 고령에 너무 흥분한 나머지 잠시 쇼크가 왔을 뿐이었다. 그러나 헬스클럽에는 다시 나오기 어려울 것 같다고 했다. 아들이 와서 아예 나머지 회비를 회수해 갔다며 관장은 시원섭섭해 했다.

또 하나는 잃어버린 운동화에 얽힌 것이었다.

의외의 장소에서 운동화 한 켤레가 발견되었는데 6층 교회였다. 교회의 설교대 위에 웬 운동화 한 켤레가 놓여 있었다는 것이다. 교인들은 누군가의 숨은 자선으로 받아들였다. 그래서 의논 끝에 불우이웃돕기에 쓰였는데, 그것이 훔쳐간 운동화일 가능성이 높다는 것이었다. 운동화가 나이키로 확인되었던 것이다.

"좋은 일에 쓰였으니 얼마나 다행입니까."

관장은 마치 자신이 자선이라도 한 듯 우쭐해 있었다. 어느새 용의자의 사진은 사라지고 없었다.

그는 다음날부터 헬스클럽을 나가지 않았다. 3개월의 기간이 조금 남아 있었다.

얼마 뒤, 그는 다른 헬스클럽을 찾았다. 그는 어느덧 헬스클럽 체질이 되어 있었다. 집에 있으니 몸이 근질거려 아아, 소리가 절로 나왔다.

이번 클럽은 저번과 달리 지하에 있었다. 계단을 다 내려갔을 때, 누군가 문을 나오며 인사를 건넸다.

"안녕하세요."

눈을 들어 바라보니 놀랍게도 먼젓번 클럽의 그녀였다.

Ⅲ
사람

세 사람의 벤허

"영화는 인생의 개인 강습소가 될 거예요."
　　　　　—E. 케스트너의 소설 「파비안」 중에서

　실버극장 로비에 70대 초반의 노신사 셋이 둥근 테이블에 앉아 있었다. 중간에 입장하는 사람도 있었으나 세 사람은 다음 회 상영을 기다리고 있는 모양이었다. 그들은 부산한 주위 분위기와는 달리 어딘가 가라앉은 모습이라 다른 늙은이들과 구별되었다. 그들은 한 테이블에 앉아 있었으나 서로 아는 사이는 아닌 듯했다. 아무래도 기다리는 시간이 길었던지 중절모를 쓴 사람이 먼저 말을 걸었다.

"벤허를 처음 보십니까?"

그러자 콧수염을 기른 이가 그 말을 받았다.

"아무려면 이 영화를 한 번도 안 본 사람이 있으려구요."

안경을 낀 나머지 한 사람도 두 사람의 시선을 받자 입을 뗐다.

"저는 두 번째입니다만……."

그렇다. 〈벤허〉는 여러 가지로 기록적인 영화였다. 최초의 70밀리 화면에다 러닝타임 4시간의 대작인 데다 아카데미상 11개 부문 수상작이라, 20세기 최고의 걸작이라는 수식어가 늘 따라다녔다. 그것은 국내 흥행이 잘 증명하고 있었다, 개봉 당시에 서울의 인구가 3백만인데 60만 명이 보았으니 5명 중 1명이 본 셈이었다. 그리고 상영 기간도 7개월의 롱런이었다. 그렇다 보니, 세 신사도 이 영화에 남다른 추억을 간직하고 있을 법했다.

"1962년 이 영화가 개봉될 때 70밀리 상영관은 서울의 대한 극장뿐이었지요."

중절모는 〈벤허〉의 개봉 연도를 정확히 기억하고 있었다.

"맞아요, 1962년이었어요."

콧수염과 안경이 동시에 고개를 끄덕였다.

"벌써 반세기가 더 흘렀군요."

세 사람의 추억이 좀 더 깊어지려는데, 마침 1회 상영이 끝나서 사람들이 몰려나왔다. 세 사람은 자리에서 일어나지 않을 수 없었다.

*

실버극장의 〈벤허〉는 물론 70밀리 화면도, 6본 트랙 입체 음향도 아니었다. 그래서 그 옛날 대한극장의 그 웅장한 스펙터클과는 거리가 멀었다. 다행히 필름의 재생으로 화면이 깨끗하고 자막의 글자도 키워서, 실버들이 감상하기에는 안성맞

춤이었다. 실버극장답게 관람객은 모두 올드팬들이었다. 그들은 저마다 추억에 잠긴 채 지난날의 명화를 감상했다. 세 사람도 마찬가지였다. 다만 각자 좌석이 다를 뿐이었다.

〈벤허〉에 대해서는 새삼 언급할 필요가 없겠다. 다만 제작 연도로 치면, 나이가 회갑이 되었는데도 관람객들과 달리 여전히 젊었다. 뿐만 아니라 세기가 바뀌었는데도 아직도 압권이었다.

*

영화는 영화 밖에서도 곧잘 영화 같은 일을 만드는 모양이었다. 세 사람을, 영화 관람 후에 다시 부근 생맥주집에서 마주치게 한 것을 보면 분명했다. 의외로 세 사람은 별로 놀라는 기색이 아니었다. 긴 러닝타임 동안의 목마름이 생맥주 한 잔을 생각나게 만들 수도 있었고, 이미 한 차례 영화에 대한 기억의 사잇문을 서로 열어 보인 터라 오히려 상대의 사연이 궁금한 눈치였다. 그것은 각자의 사연 때문에 더 그런지도 몰랐다.

"아무래도 우리는 이 영화와 각별한 인연이 있는 것 같군
요."

이번에도 중절모가 먼저 운을 뗐다. 그러자 두 사람은 무언
중에 순순히 수긍하는 모습이었다.

"이 영화를 나만큼 본 사람은 없을 겁니다. 내가 알기로 62
년 개봉 이래 여섯 번 재개봉이 있었는데, 그때마다 극장을 찾
아다니며 다 봤으니까요."

"그럴 만한 이유라도 있었던가 보지요?"

콧수염이 놀랍다기보다는 흥미롭다는 듯이 물었다.

"70밀리 때문에 시작된 일이지요."

〈벤허〉가 처음 상영되었을 때, 그가 사는 지방도시 T시에
는 불행히도 70밀리 상영관이 없었다. 오직 영화 속에서 기쁨
을 얻던 외로운 소년은 이 영화를 보는 게 꿈이자 당면과제였
다. 여러 달 용돈을 모아 완행열차를 탔다. 새벽에 서울에 떨
어진 소년은 물어물어 대한극장을 찾아갔다. 그리고 상영작—

당연히 〈벤허〉라고 굳게 믿었다-을 확인하지도 않고 표를 끊어 들어갔다. 드디어 70밀리 영화를 보게 되었다는 흥분으로 미처 그럴 틈도 없었다. 그런데 이게 웬일인가, 불이 꺼지고 오프닝된 영화는 자신이 그렇게도 고대한 영화가 아니었다.

"용돈을 모으며 벼르는 사이에 〈벤허〉의 상영이 이미 끝난 걸 몰랐지요."

"오, 저런!"

콧수염의 입에서 탄성이 새어나왔다.

"그때의 억울함 때문인지 〈벤허〉의 상영이 있으면 아직도 그냥 못 지나쳐요."

관심과 호응도로 보아 이번에는 콧수염의 차례였다.

"그 해, 나는 고등학교에 입학했어요. 그리고 그 기념으로 한 소녀와 함께 이 영화를 보게 되었지요."

소년은 높은 경쟁을 뚫고 명문고에 입학했고, 소녀도 마찬가지였다. 신문 배달 과정에서 알게 된 소년과 소녀는 합격 기념으로 〈벤허〉의 관람을 택했다. 입장료가 한 사람당 500원이었다. 그 비싼 입장료는 소년이 신문을 배달하던 집의 외동딸인 소녀가 감당했다. 함께 먹은 자장면 값은 한 그릇에 20원이었다. 그 값은 신문배달 소년이 치렀다.

소년과 소녀는 영화 속 벤허와 에스더의 애절한 사랑이 자신들의 일처럼 가슴이 아팠다. 에스더가 결혼을 승낙받기 위해 찾아온 날, 주인 벤허와 노예 에스더는 처음 보는 순간 운명적인 사랑을 느낀다. 그러나 두 사람 사이에는 주인과 노예라는 신분의 차이가 있다. 또 그녀는 곧 남의 신부가 될 사람이다. 이룰 수 없는 두 사람의 사랑이 소년과 소녀를 슬프게 만들었다. 그래서 두 사람의 대사가 소년과 소녀의 눈가를 적셔 놓았다.

—If you were not a bride, I would kiss you good—bye(네가 신부가 아니라면 작별의 키스를 해줄 텐데).

—If I were not a bride, there would be no good—bye to be said(제가 신부가 아니라면 작별의 인사도 필요 없겠지요).

소년과 소녀는 영화가 시작되고 끝날 때까지 두 손을 꼭 잡고 있었다.

소년과 소녀는 청년과 숙녀가 될 때까지 사랑을 이어갔다. 그러나 에스더는 갤리선으로 끌려간 벤허를 끝까지 기다렸지만, 숙녀는 군에 간 청년을 기다리지 못하고 집안의 결정으로 다른 사람의 신부가 되었다.

"해피엔딩은 영화에나 있는지, 우리는 불행히도 행복한 결실을 얻지 못했어요."

"입장료와 자장면 값의 차이 때문이오?"

중절모의 물음에 콧수염이 고개를 끄덕였다.

"신분의 차이가 아니라도 빈부의 벽이 가로막고 있었지요."

이제 남은 사람은 안경뿐이었다.

"혹시, 그 무렵 대한극장에서 단체로 영화를 관람하던 학생 하나가 2층에서 떨어져 다쳤다는 신문기사를 기억하시는지요?"

"아, 그런 기사가 신문에 나왔던 것 같군요."

중절모가 생각난다는 듯이 말했다.

"그 현장에 바로 제가 있었습니다."

서울 수학여행 코스에는 고궁의 탐방도 있었지만, 학생들에게 가장 기대를 갖게 한 것은 〈벤허〉의 단체 관람이었다. 그 전해까지 이어지던 여행 코스를 갑자기 서울로 바꾼 것도 실은 〈벤허〉때문이었다. 지방 소도시의 중학교 3학년생이던 그도 그 유명한 영화에 대한 기대가 컸던 것은 말할 것도 없었다.

그런데 한 녀석 때문에 수학여행의 부푼 기분을 망치고 말았다. 녀석은 한반의 급우였는데 매사에 심술쟁이였다. 평소에도 그를 시기 대상으로 삼아 사사건건 심술을 부렸다. 그것이 여행을 와서까지 이어졌다. 밤차로 서울에 온데다가 낮 동안의 탐방으로 피곤하여 먼저 곯아졌다. 그런데 녀석이 그의 바지를 벗기고 장난을 쳐서 웃음거리로 만들었던 것이다.

그들의 단체 관람석은 2층이었다. 공교롭게도 녀석과 나란히 앉게 되었는데 맨 앞줄 난간 앞이었다. 영화를 관람하면서, 그는 벤허와 멧살라 사이의 갈등이 꼭 자신과 녀석의 관계로 여겨졌다. 그러다 보니, 영화의 작용으로 녀석에 대한 증오심이 더욱 끓어올랐다. 갤리선으로 끌려가는 벤허가 꼭 자신처럼 여겨졌다. 벤허를 사지로 몰아넣은 멧살라는 당연히 녀석이었다. 벤허처럼 그도 녀석에 대한 복수를 다짐했다.

그런데 그 시간이 의외로 빨리, 엉뚱한 사태로 다가왔다. 로마의 함대와 마케도니아 해적선 사이에 해전이 불붙은 장면이었다. 해적선이 벤허가 노를 젓고 있는 전함의 옆구리를 들이받는 찰나였다. 6본 트랙 입체음향이라 천둥치는 듯한 소리가 울렸다. 그 순간, 아까부터 꾸벅꾸벅 졸고 있던 녀석이 그소리에 놀라 벌떡 몸을 일으키다가, 갑자기 휘청거리며 바로 앞 난간 너머로 상체가 쏠렸다. 영화에 빠져 있던 그는 깜짝 놀라 본능적으로 녀석을 향해 팔을 뻗었다. 그 순간, 다시 녀석에 대한 증오가 끓어올랐다. 그 때문에 잠시 멈칫했던 팔을 다시 뻗었으나 녀석을 잡지 못했다. 그와 동시에 녀석의 몸이 아래층으로 떨어졌다.

"나중에, 정말 잡을 수 없었는지, 아니면 일부러 잡지 않았는지 몹시 혼란스러웠어요."

안경은 아직도 혼란의 여운이 남은 얼굴이었다.

"그 친구는 어떻게 됐지요?"

중절모가 궁금하다는 듯 물었다.

"머리를 다쳐 학교를 나오지 못했지요."

"갑자기 떨어지는 친구를 무슨 수로 잡을 수 있어요. 더구나 영화에 몰두해 있었잖아요."

콧수염이 위로하듯 말했다.

"그렇게도 자위해보았지만, 그 친구에 대한 증오는 분명했으니까요. 제 증오가 그 친구의 불행을 가져오지 않았을까, 이 생각을 오래 떨쳐 버릴 수 없었어요."

*

〈벤허〉에 얽힌 세 사람의 사연은 대충 그 윤곽이 드러난 셈

이었다. 영화가 유명한 만큼 영화에 얽힌 그들의 사연도 예사
롭지는 않았다. 그들이 칠십을 넘기고도 실버극장에 이 영화
를 다시 보러 온 것도 그 때문일 것 같았다. 그러나 뭔가 다른
이유가 아직 남아 있는 것 같기도 했다. 마지막으로 그것을 들
어볼 차례였다.

아니나다를까 중절모가 못내 섭섭한 듯 말했다

"나는 이제 〈벤허〉를 졸업할까 해요. 이 영화는 역시 70밀
리로 봐야 실감이 나는데, 옛 시절의 개봉관들이 하나둘 사라
지면서 대형 화면도 함께 사라져 벼렸으니……."

콧수염이 그 뒤를 이었다.

"실은, 그녀가 이민 갔던 미국에서 얼마 전 세상을 떠났다
는 소식을 들었어요. 아직도 잊지 않은 그 대사를 다시 한 번
듣고 싶었어요."

세 사람의 순서는 이미 정해져 있었다. 안경은 그 차례를
거스르지 않았다.

"저는 멧살라가 불쌍하다는 걸 이제야 알았어요. 그도 실은

로마에 의한 피해자였을 뿐이지요."

세 사람 사이에 한동안 침묵이 흘렀다. 더는 긴요한 대화가 남아 있는 것 같지 않았다. 그것을 세 사람 스스로 느끼고 있는 듯했다.

"영화 속 벤허는 여전한데, 찰턴 헤스턴은 이미 치매를 앓다가 떠났다지요?"

"인생이 영화 같으면 얼마나 좋겠어요."

"사랑과 증오는 영화의 암전 같은 건지도 몰라요."

그러고 보면, 세 사람의 인생도 영화같이 흐르지는 못한 듯했다. 갤리선의 노젓기만큼 힘겨운 삶은 아니었는지 모르지만, 로마의 집정관을 만난 벤허처럼 반전의 행운이 있었는지는 알 수 없었고, 골고다의 기적 같은 결말을 만날 수 있을지는 아직도 미지수로 보였다.

"영화엔 해답이 있지만, 인생엔 그런 게 없는 법이지요."

대화의 끝도 중절모 차지였다. 세 사람은 그의 결론에 동의하듯 술잔에 남은 맥주를 비우고 자리에서 일어났다.

추자

1

일찍 향리의 전원으로 돌아가 옛것을 지키고, 그 가치를 추구하며 살고 있는 Y가 열매 두 알을 부쳐왔다. 진한 갈색에 끝이 뾰족한 그 열매는 추자楸子였다. 오랜만에 받아보는 편지도 함께였다.

L형,
전가田家 근처에 가래나무 몇 그루가 있어 그 열매 두 알을 부칩니다. 추자라 불리는 이 열매는 형도 이미 알고 있겠지요.

가래나무는 일찍이 나무 중의 우두머리, 즉 목왕木王으로 불립니다. 물론 재질도 우수하나, 이 나무로 천자天子의 관을 만들었기 때문입니다. 하여, 천자의 관을 가래나무 재梓 자를 써서 재궁梓宮이라 합니다.

또 천자의 관을 비롯해 가래나무를 다루는 목수를 재인梓人이라 불렀으니, 목수의 우두머리인 도편수를 가리키는 말입니다.

그리고 가래나무가 있는 마을이라는 뜻의 재리梓里는 부모가 사는 고향을 가리키는데, 이는 부모가 자녀들을 위해 집 근처에 가래나무를 심었기 때문입니다.

옛날에는 조상의 산소에 성묘하러 가는 일을 추행楸行이라 하고, 조상의 무덤이 있는 곳을 추하楸下라 했는데, 이도 후손들에게 효를 일깨우기 위해 산소 주변에 가래나무를 심었기 때문입니다.

그러나 무엇보다도 상재上梓라는 말이 형에게는 친근한 말이겠지요. 책의 출판을 일컫는 말이니, 이 또한 옛날에 판목板木으로 가래나무가 쓰였기 때문입니다.

열매는 보다시피 단단하여 깨뜨리기 어렵고 먹을 만한 게 없어 식용보다는 약재로 더 쓰였습니다.

그리고 옛사람들은 이 열매가 복숭아를 닮아서 귀신을 쫓는다고 생각하여 손 안의 노리개로 삼았는데, 현대의학으로 보아도 지압의 효과와 더불어 혈액순환에도 도움이 된다 하겠습니다.

그래서 요즘 손바닥 지압용으로 큰 인기를 얻고 있다 하니, 천지의 모든 열매가 다 제 용도가 따로 있는가 봅니다.

L형,

제가 왜 군이 이 못생긴 열매 두 알을 보내는지는 형도 짐작하겠지요. 열매로 손의 관절을 원활이 함은 물론, 가래나무의 상서로운 내력을 되새기면 형의 작업에 조금이나마 자극이 될까 해서입니다.

아무리 좋은 나무라도 훌륭한 목수를 만나지 못하면 빛을 잃고, 아무리 하찮은 물건도 주인을 잘 만나면 쓰임새가 큰 법입니다.

이 열매가 형의 손에서 노리개로서만이 아니라 정신으로도 사랑을 받는 존재가 되기를 바랄 뿐입니다.

Y는 상고주의자답게 옛일을 들어 전문적이고도 자상하게

가래나무의 내력과 그 열매 추자의 용도에 대해서 설명하고 있었다. 과연 조금이 아니라 큰 자극이 될 것 같았다.

나도 물론 가래나무와 추자는 잘 알고 있었다. 그러나 그의 설명처럼 가래나무의 내력에 대해서는 자세히 몰랐고, 재梓와 추楸로 이루어진 고색창연한 문자도 상재 빼고는 낯설었다.

그러나 그도 한 가지 간과한 게 있었다. 추자가 단단하여 깨뜨리기 어렵고 먹을 만한 게 없다고 했는데, 정말 먹을 게 흔치 않던 지난날에는 그것도 훌륭한 간식거리였다. 쇠죽불에 올려 껍질을 깬 뒤 알맹이를 빼 먹었던 것이다.

그의 편지는 자연 나에게 옛날 일을 떠올리게 만들었다. 더구나 추자와 아주 가까웠던 슬픈 친구가 있었으니…….

2

초등학교 한 학년이었던 그 친구는 공교롭게도 별명이 추자였다. 그가 그런 별명을 얻게 된 것은 우리에게 추자를 나누어준 게 첫째 이유였고, 다음은 그의 생김새 때문이었다. 머리가 뾰족한 데다 얼굴색이 새까맣고, 인상이 매우 야무졌다. 그리고 키는 작았지만 정말 추자처럼 단단한 몸에 성격 또한 당찼다.

그는 해마다 가을이면 우리들에게 추자를 나누어 주었다. 우리는 그 추자를 손에 쥐고 굴릴 줄은 몰랐다. 대신 간식거리가 없던 시절이라 쇠죽을 끓이면서 아궁이의 불에 튀겨 껍질을 깨고 속에 든 고소한 알맹이를 빼먹었다.

그는 집이 산속에 있어서인지 가래나무뿐 아니라 모든 나무에 대해 우리보다 훨씬 많이 알고 있었다. 그래서 곧잘 어른스럽게 이런 민요 타령까지 흥얼거렸다.

　－덜덜 떨어 사시나무, 바람 솔솔 소나무, 불 밝혀라 등나무, 십리절반 오리나무, 대낮에도 밤나무, 칼로 베어 피나무, 죽어도 살구나무, 오자마자 가래나무, 깔고 앉아 구기자나무, 방귀 뀌어 뽕나무, 그렇다 치고 치자나무, 거짓 없는 참나

무⋯⋯.

그러나 가래나무 추자와의 추억이라면 개울의 고기잡이를
빼놓을 수 없다.

"언제 추자탕 할래?"

그가 말한 추자탕은 천렵을 가리켰다. 여름이면 덜 익은 추
자를 짓찧어 그것을 개울물에 풀어 물고기를 잡았던 것이다.
열매에 독성이 있어 고기들이 잠시 기절을 했다.

우리는 개울로 가서, 물고기가 있을 만한 곳에 모래와 자갈
과 수초 등으로 둑을 쌓아 물을 가두고, 그가 준비해 온 풋 추
자를 돌로 짓찧어서 가둔 물에 푸는 것이다. 그러고 나서 기다
리고 있으면, 열매의 독성이 물에 퍼지면서 돌 틈에 숨어 있던
모래무지, 꺽지, 피라미, 버들치, 메기 등이 중독이 되어 하얀
배를 까뒤집고 물 위로 둥둥 떠오른다. 그러면 우리는 고기가
다시 정신이 들기 전에 고무신으로 떠서 잡았다.

이런 방법으로 하는 천렵을 어른들은 가래탕이라고 했으나

우리는 추자탕이라고 불렀다. 그 말도 그가 처음 썼다. 그리고 그 놀이는 언제나 그가 리더였다. 날짜를 정하는 것도 그였고, 추자를 준비하는 것도 그였고, 사전 준비 작업도 그의 지시에 따랐다. 추자는 산속에 살면서도 고기를 잡는 데도 민첩했다.

그러나 어른들의 가래탕과 우리의 추자탕에는 분명히 다른 점이 있었다. 어른들은 잡은 고기를 물가에서 바로 탕을 끓여 먹었으나, 우리는 개울가에 따로 가두어 두었던 고기들이 독이 풀려 살아나면 다시 물속에 풀어주었다.

6학년 여름방학이 되기 전이었다. 처음 듣는 뇌염이라는 전염병이 퍼졌다. 우리는 임시휴교로 학교에 가지 못했다. 그 해는 추자탕도 할 수 없었다. 두어 달이 지나 등교하자 추자가 보이지 않았다. 그가 뇌염에 걸려 죽었다는 것이었다.

어느 날, 담임선생과 함께 우리는 죽은 친구의 집을 찾아갔다. 추자의 아버지가 우리를 붙들고 울었다. 산속 그의 집 뒤에 가래나무 고목이 서 있고, 가지에는 아직 다 여물지 않은 노란 추자가 주렁주렁 매달려 있었다.

죽은 추자는 가래나무 관이 아닌 거적때기에 싸여 애장터에 묻혔다. 그곳은 죽은 아이들이 묻히는 곳이었다. 그의 무덤가에 가래나무가 심어질 턱도 없었고, 우리는 그의 무덤이 어디 있는지도 몰랐다.

3

Y의 고마운 뜻을 헤아려, 나는 추자 두 알을 주머니에 넣고 다니며 심심할 때면 굴렸다. 추자가 반들반들 윤이 나기 시작할 무렵이었다. 종로에 나갈 일이 있어 지하철역으로 걸어가는 길이었다. 추자를 굴리고 있는데, 누가 뒤에서 말을 걸었다.

"좋은 운동 하시는군요."

뒤돌아보니 등산복 차림의 낯선 이가 따라오고 있었다. 추자를 굴리는 걸 두고 하는 말 같았다. 아마 추자 굴리는 소리를 들은 모양이었다. 쑥스러운 생각이 들려는 참에 그가 웃음을 지으며 다시 말했다.

"심심할 땐 추자를 굴리는 게 제격이지요."

"그런가요?"

내가 되물었다.

"손 건강을 가져와 여가선용이 되니까요."

그도 전철역으로 가는가 보았다. 우리는 나란히 걸어가게
되었다.

"추자를 어떻게 구하게 됐어요?"

처음 만난 사이인데도 그는 그런 것에 구애받지 않았다.

"시골에 살고 있는 지인이 보내준 겁니다."

나도 그의 친화력에 고분고분 따랐다.

"그렇다면 추자 굴리기의 효과도 잘 아시겠군요?"

"손가락 관절에 좋고 혈액순환에 도움이 된다더군요."

"예, 그게 바로 추자의 지압운동이지요."

그는 아무래도 건강법에 대해 아는 게 많은 사람 같았다.

"추자가 가래나무 열매라는 것도 아시겠지요?"

"이걸 보내준 사람은 그 나무의 내력을 너무도 잘 아는 사

람입니다."

나는 Y를 떠올리며 대답했다.

"예로부터 가래나무와 추자는 아주 유용하게 쓰였지요."

그의 말을 들으면서 문득 어린 날의 추자탕이 떠올랐다. 우리도 그 시절 정말 추자를 유용하게 썼다.

"가래나무 껍질은 한약재로도 쓰이는데 암, 피부병, 신경통, 관절염 등에 효과가 있고, 뿌리는 달여 먹으면 간염이나 간경화에 좋지요."

그는 약재 방면에도 일가견을 가진 듯했다. 알고 보니, 그는 건강법이나 약초 방면의 책을 이미 수십 종 섭렵한 사람이었다.

"또 열매는 폐암, 대장암 등의 항암 효과가 있고 위염, 기관지염, 대장염 등 염증 치료에 효능이 있지요."

그가 나열하는 병 중에 친구의 뇌염은 없었다. 그러나 그것도 염증이 일으키는 병이었다. 그걸 알았다면 가래나무 열매가 친구의 병을 낫게 할 수도 있었을까. 그랬다면 그 뒤에도 우리는 그와 함께 추자탕을 계속할 수 있었을 텐데…….

"추자가 뇌염도 낫게 할 수 있을까요?"

나는 불쑥 그에게 물었다.

"그건 전염병이라 잘 모르겠는데요."

친구를 죽게 한 뇌염에 관해서는 그도 자신없는 모양이었
다.

"약재 책에도 없는가 보지요?"

"못 본 것 같습니다."

"그렇다면 별로 쓸모가 없겠는데요."

나는 그와의 대화가 갑자기 공소해지는 느낌이었다.

"그래서 새로운 책이 필요하지요."

그러면서 그는 지금까지 없던, 그 방면의 새로운 책을 쓰고
있다는 것이었다.

"그 책은 어떤 점이 다른가요?"

"한마디로 하자면 활인에 중점을 두었다고 할까요."

활인活人이라면 목숨을 살리는 일이 아닌가. 그의 신념과

포부가 대단해 보였다. 그의 말대로라면 그의 책이 나오기 전에 죽은 친구는 억울한 편이었다.

마침내 전철역에 다다라 그와 헤어져야 했다. 그는 산행을 위해 위쪽으로 가고, 나는 시내로 들어가는 아래쪽 방향이었다. 헤어지기 전에, 조금 의문이 들었지만 그가 내려는 책에 대한 격려를 해주고 싶었다.

"활인을 위해 꼭 그 책을 상재하시기 바랍니다."

나는 일부러 상재라는 말을 썼다. 가래나무에 대해 잘 알고 있으니, 그도 이 고풍스런 말을 충분히 알아들을 것 같았다. 그리고 추자를 보내며 그 말을 새삼 일깨운 Y에게도 어떤 갚음을 한 느낌이었다.

그러고 나자 갑자기 그의 책에 대한 호기심이 생겼다. 그가 만약 독자적인 저서를 상재한다면 그 책을 꼭 보고 싶었다. 나는 명함 한 장을 꺼내어 그에게 내밀며 말했다.

"책이 나오면 연락 주세요. 꼭 사 보겠습니다."

그는 명함을 받아 들여다보더니 반색을 했다.

"아, 글을 쓰시는 분이군요."

"네, 그렇습니다."

"어떤 글을 쓰고 계세요?"

"갑자기 나도 선생처럼 활인의 글을 쓰고 싶군요."

전철역으로 들어섰을 때, 그가 갑자기 생각났다는 듯이 내게 말했다.

"책을 내게 되면 제목을 부탁드려도 되겠습니까?"

"그러면 영광이지요."

우리는 악수를 나누고 헤어졌다. 그와 헤어져 계단을 오르면서 나는 다시 추자를 굴렸다. 그때, 불현듯 제목 하나가 떠올랐다.

—추자를 굴리며 살자!

Y가 들으면 뭐라고 할지 문득 궁금했다.

방귀도사
─죽마지우 1

　지지리도 가난했던 지난 시절에 방귀도사라 불린 한 친구가 있었다. 그는 희귀하고도 해괴한 재주를 지니고 있었는데, 방귀를 제 마음대로 뀔 수 있다는 것이었다. 한 방 두 방, 그 수에 있어서뿐만 아니라 시간도 장소도 자유자재였다. 다시 말해서 마음이 내키기만 하면 언제 어디서든 열 방이고 백 방이고 연달아 뀔 수 있었다. 그렇지만 그는 함부로 방귀를 뀌지는 않았다. 반드시 필요한 경우에만 그 재주를 발휘했다.

첫 번째 기억은 이발소다.

그 시절, 우리 시골은 몹시 가난했다. 그래서 이발 한 번 하기도 그리 쉬운 일이 아니었다. 면소재지에서도 멀리 떨어진 곳이라 이발소라고는 학교 앞에 하나뿐이었다. 한 달에 한 번 있는 신체검사 전날이면 조무래기들은 줄을 서서 차례를 기다리다가 머리를 깎았다.

그날도 그런 날이었다. 머리를 깎은 우리 친구가 기계창 자국이 숭숭 드러난 민둥머리로 이발사에게 말했다.

"아저씨요, 돈이 없습니다."

"내일 갖고 온나."

이발사가 다음 차례 아이의 머리를 깎으며 돌아보지도 않고 대꾸했다.

"내일도 돈이 없습니더."

"그라머 우짜란 말이고?"

그러자 마침 벽에 붙은 긴 나무의자에 앉아 잡담을 나누던 마을 어른들 중의 하나가 참견했다.

"이 사람아, 공짜로 해달라는 소리구만."

"참말이가?"

그제서야 이발사가 친구를 돌아보았다.

"아입니더, 절대로 아입니더!"

친구는 결연하게 머리를 내저었다.

"외상도 아이고, 공짜도 아이면 뭐꼬?"

이발사가 다시 물었다.

"빵구를 꿰겠습니더. 한번에 얼마든지 꿰겠습니더."

이발소 안이 일순 조용해졌다가 곧 웃음바다가 되고 말았다. 바리캉을 멈춘 채 입이 딱 벌어졌던 이발사가 정신을 차리고 물었다.

"시방 뭐라 캤노? 공짜 이발에 빵구까지 꿴다꼬?"

어른들도 웃음을 그치고 새삼스레 이 대단한 아이를 살펴보았다.

"니 어디 사노?"

"마, 알 거 없십니더."

III 사람   227

"왜 몰라도 되노?"

"마, 얼마든지 뺑구를 뀐다 안 합니꺼."

"얼마든지?"

"예, 백 방이고 천 방이고……."

친구는 그때까지도 공짜라는 말이 너무도 억울하다는 표정
이었다. 어이가 없어 웃던 어른들도 심상찮다는 듯이 눈들을
마주쳤다.

"인제 보니 야가 보통 놈이 아니네."

그때, 한 어른이 다시 나서서 이발사에게 말했다.

"한번 뀌어보라고 하게. 참말이면 이발료는 내가 냄세."

마침내 친구는 그 놀랍고도 해괴한 재주를 선보이게 되었
다. 그렇다고 이발소 안에서 방귀를 뀌게 할 수는 없는 노릇이
었다. 그래서 이발소 뒤 공터에 맷방석이 깔렸다. 이발사도 잠
시 하던 이발을 멈춘 채 어른들과 함께 이발소 창문을 통해 내
다보았고, 우리 조무래기들은 맷방석 주위를 둘러쌌다.

친구는 맷방석 위에 엎드리더니, 두 팔 위에 얼굴을 묻고,

궁둥이를 한껏 하늘로 치켜들었다. 그리고 기다릴 새도 없이 첫 방귀를 내쏘았다. 빵! 연이어 두 방, 세 방, 네 방……. 그의 말대로 얼마든지 나와서 끝이 없었다. 방귀는 해가 져도 끝날 것 같지 않았다.

이윽고 내다보던 어른들의 얼굴이 점점 질리더니 창문을 닫아 버렸다. 친구는 우리들만 있는데도 계속 방귀를 내쏘았다. 시간이 얼마나 흘렀을까, 우리도 질리고 말았다. 우리 가운데 누가 말려서야 그는 일어났다. 그는 천연덕스럽게, 얼굴이 질린 우리를 보고 혀를 쑥 내밀었다.

또 한 번은 원두막에서였다.

그 무렵, 우리는 이십 리 길을 걸어서 학교에 다녔다. 차도 물론 없었지만, 찻길도 없는 산골이었다. 등교 때는 아침에 보리밥이나마 든든히 먹어서 걷기에 수월했다. 또 조회 시간에 맞춰야 하기 때문에 곁눈질할 겨를이 없었다.

그러나 하교 때는 달랐다. 고추장 하나로 비벼 먹은 도시락 때문에 배가 고파 걷는 길이 마냥 멀고 힘들었다. 거기에다 집에 가 봐야 소꼴이나 토끼풀 베기가 기다리고 있을 뿐이어서 먼 길이 더욱 더딜 수밖에 없었다.

그런 어느 날, 친구는 한 원두막 앞에 멈춰 섰다. 작대기로 거적문을 받쳐 놓은 원두막 위에는 할머니 혼자뿐이었다.

"니그들, 내 하는 대로 가만 있그래?"

친구가 앞장서서 참외밭 중앙 원두막 앞으로 걸어갔다.

"니들 왜 왔노?"

할머니가 원두막에서 내려오자 친구가 대답했다.

"할매요, 배가 고파 죽을시더."

"니 배고픈 거 내가 우짜란 말이고."

"참외 하나 주면 빵구 안 뀌지."

"이놈의 자식이 무슨 소리 하노?"

"안 주면 빵구로 원두막 날릴뿔 기다."

그러면서 친구는 원두막 앞 맨바닥에 엎드려 궁둥이를 쳐들고 방귀를 내지르기 시작했다.

"이놈의 소생, 지랄하고 자빠졌다."

처음에는 제 하는 대로 내버려두고 있던 할머니가 시간이 흐르자 점점 초조한 얼굴이 되었다. 그도 그럴 것이 언제 멈출지 도무지 알 수 없었던 것이다. 할머니도 질리기는 이발소 어른들과 마찬가지였다. 아니 훨씬 더했다. 어른들은 여럿 함께 있었지만 할머니는 혼자였다. 무섭고도 황당한 일이었다.

"저놈의 자식, 미쳤재?"

나중에는 안절부절못하고 우리에게 매달렸다.

"참외 줄께 고만해라 캐라!"

또 한 번은 제방 공사장이었다.

우리는 겨울이면 논에 언 얼음 위에서 스케이트를 탔다. 스케이트는 우리 손으로 직접 만들었다. 스케이트를 만들려면 철사가 필요했다. 그러나 집에 철사가 있을 턱이 없었다.

마침 냇가에 제방 공사가 벌어지고 있었다. 인부들이 불을 피우고 일을 했다. 거기에는 긴 철사 뭉치가 산같이 쌓여 있고, 잘려 나가는 자투리 철사도 지천으로 많았다. 우리는 방학이 얼마 남지 않은 어느 겨울 날 공사장을 찾아갔다.

친구가 나서서 말했다.

"철사 토막 좀 얻으러 왔습니더."

"어떤 새끼고, 이 바쁜데?"

"버리는 철사 토막 좀 주시소."

"철사? 니 줄 철사가 어딨노?"

"저기 천지 아잉교."

친구가 쌓인 철사 더미를 가리켰다.

"그게 니 눈에는 공짜로 보이나?"

"공짜가 아입니더!"

친구는 이번에도 결연한 태도였다.

"지 재주를 보여주겠십니더."

말릴 틈도 없었다. 말하기 무섭게 친구는 자갈 바닥에 엎드려 궁둥이를 쳐들었다. 공사장 화톳불 앞이었다. 그러고는 그대로였다. 방귀가 연달아 쏟아지기 시작했다. 인부들도 어쩔 수 없이 일손을 놓고 그 희한한 광경을 구경할 수밖에 없었다. 더욱 희한한 것은 방귀 때문인지 화톳불이 퍽 꺼지고 말았다.

"이 새끼, 왜 이래?"

언제 왔는지 공사장 십장이 친구의 궁둥이를 걷어찼다.

"철사 토막 얻을라고 재주부리고 있구만."

"그렇다고 일은 안 하고 구경들 하나?"

"십장도 희한한 구경 한번 하소."

그 사이에, 엉덩이를 차이는 바람에 잠시 나뒹굴었던 친구가 다시 일어나 재차 방귀뀌기를 시도했다. 멍하니 바라보던 십장이 소리를 꽥 질렀다.

"얼른 줘서 보내!"

*

세월이 많이 흐른 뒤, 고시를 하다 잠적한 옛 친구가 나타나서 함께 방귀도사를 찾아간 적이 있었다. 찾아가는 도중에 동행에게 물었다.

"도사의 재주는 어떻게 되었을까?"

동행은 내 말을 금방 알아들었다.

"글쎄, 그 시절이 지나고 한 번도 확인해보지 못했으니 알수 없는 노릇이지."

우리는 얼굴을 마주 하고 큭큭 웃었다.

"대체 그 친구, 그 재주를 어떻게 터득했을까?"

"가난을 이기기 위한 수단에 각고의 노력이 보태진 거겠지."

"각고의 노력?"

"혼자 그걸 연마하느라 얼마나 용을 썼겠어."

"난 그 친구 재주가 떠오르면 아직도 불가사의하다는 생각뿐이야."

"허긴 불가사의한 일이 대단한 경우에만 일어나는 건 아니겠지. 몰라서 그렇지, 우리의 일상 속에서도 얼마나 많이 일어나겠어."

도사 친구는 강남에서 고물상을 하고 있었다. 고물을 우습게 보았다가는 큰코다친다는 것을 보여주기라도 하듯 성업이었다. 넓적한 작업장에 고물이 산더미처럼 쌓여 있었다. 친구는 외국인도 낀 인부들을 지휘하느라 바빠 보였다.

친구는 우리를 작업장 옆 가건물의 한 방으로 안내했다. 방을 둘러보았더니 한쪽에 큼직한 장식장이 놓여 있고, 그 속에 고물 중에서 가려냈음직한 온갖 물건들이 가득 차 있었다. 그 것을 들여다보던 동행이 중얼거렸다.

"고물엔 온갖 것들이 다 있어서 재미있겠다."

기다렸다는 듯이 친구가 대꾸했다.

"그래, 없는 게 없다. 계집 그것 빼고는……."

"돈도 많이 들어오겠네?"

"마, 먼지는 좀 뒤집어써도 수입은 괜찮다."

옛날을 생각하면 정말 다행이었다.

"니들, 고물이 왜 나오는 줄 아나? 신진대사다. 똥을 싸야 밥이 들어가거든. 고물이 있어서 신품도 있다."

우리는 친구의 생활철학을 되씹느라고 잠시 입을 다물었다. 그때, 덩치가 우람한 청년이 맥주를 차려 들고 들어왔다.

큰 키에 대단한 체격이었다.

"우리 큰놈이다. 아저씨들께 인사드려라."

그러자 녀석이 그 큰 체격으로 너부죽이 엎드려 큰절을 했다.

"신체가 아주 좋구나. 무슨 운동 하니?"

동행이 물었다.

"예, 유도합니다."

"그래, 유도 할 체격이다."

우리는 그 체격에 감탄했다.

"공부를 했으면 했는데……."

친구는 아들이 유도를 하는 게 마음에 차지 않는 듯했다. 유도라서가 아니라 운동을 한다는 자체가 달갑잖은 기색이었다.

"유도가 어때서 그래?"

동행이 나가려는 큰놈을 불러 앉히고, 비운 잔에 술을 따라 건넸다.

"자, 아저씨가 주는 술 한 잔 마셔라."

그러자 덩치에 비해서 숫기가 없어 보이는 녀석이 얼른 잔을 받을 생각은 않고 제 아버지의 눈치를 살폈다.

"주시는 건 얼른 두 손으로 받아야지. 그리고 옆으로 돌아앉아 마셔라."

그제서야 잔을 받은 녀석이 엉거주춤 몸을 돌려 술을 마셨다. 그러고는 아버지의 명에 따라 우리에게 술 한 잔씩을 올렸다.

그런데 놀랍게도 그 사이에 녀석이 세 번이나 방귀를 팡팡 내지르는 것이었다. 제 딴엔 조심한다고 하는 것이 오히려 더 나오게 만드는 모양이었다. 더 앉아 있으면 계속 뀔 듯했다.

"나가 봐라."

아버지의 명에 아들은 얼굴을 붉힌 채 물러갔다. 아들이 나가자 아버지가 말했다.

"내가 못 배워 저놈만은 제대로 공부를 시키는 게 꿈이었는데 그게 맘대로 안 된다."

"신체 튼튼하고 얼마나 좋으냐."

우리는 정색을 하고 말했다.

"그래, 지 운명이고 내 팔자지."

친구가 작업장의 마무리 때문에 잠시 자리를 비운 사이에 동행에게 넌지시 말했다.

"대물림했는데?"

동행은 이번에도 금방 알아들었다.

"하지만 똑같진 않지."

"뭐가 달라?"

"하나는 못 먹은 보리 방귀, 하나는 잘 먹은 고기 방귀. 질이 다르지."

"그렇게 다른가?"

"한쪽은 눈물 방귀, 한쪽은 웃음 방귀."

"그럼 어떻게 되는 거지?"

"그 간극을 무슨 수로 메꿀지 그것이 문제지."

그때 친구가 들어와서 우리는 입을 다물 수밖에 없었다.

고시생
-죽마지우 2

　사법고시의 황금시절에 한 고시생이 있었다. 그는 우리나라 최고의 국립 법과대학을 나왔다. 그는 삼십삼 세의 나이에, 일곱 번 재수 끝에 그 대학에 들어갔다. 칠전팔기였다. 그런데 그가 사법고시에 몇 차례 실패하고 갑자기 잠적해 버렸다. 가끔 그의 행방이 궁금할 때면 자연 그의 졸업식을 떠올리지 않을 수 없었다.

　2월 중순 어느 날, 고물상을 하는 친구와 함께 관악산 아래의 졸업식장을 찾아갔다. 날짜만 알고 약속도 없이 찾아간 터라 캠퍼스에 들어서자마자 그만 낭패감에 빠지고 말았다. 수많은 가족들도 가족들이지만, 새까만 가운의 물결 속에서 그를 찾아낸다는 게 얼마나 어려운 일인가를 깨달았던 것이다.

운동장에 꾸민 식장에는 단과대학별로 흰 팻말이 박혀 있었다. 우리는 팻말을 따라 법과대학 뒤로 가서, 새까만 무리들 속에서 낯익은 얼굴을 찾아 눈에 불을 켰지만 허탕이었다.

─우리 법대생은 어디 숨었노?

─졸업하는 건 틀림없겠지?

마침내 졸업식이 시작되는 바람에 식이 끝나고 퇴장할 때를 기다려보는 수밖에 없었다. 식이 진행되는 동안 양지바른 언덕에 앉아, 똑같은 까마귀들이 많기도 하군, 하고 우리는 구시렁거렸다. 그러면서 그 까마귀 무리 중에 우리의 친구도 끼어 있다고 생각하니 신기한 느낌마저 들었다.

우리는 졸업식이 채 끝나기도 전에 하나는 졸업생 사이를 누비고, 하나는 빠져 나오는 졸업생들의 면면을 살폈지만 다시 허탕이었다. 안되겠다, 늦기 전에 법과대학 앞에 가서 기다리자. 그것이 상책이었다.

법과대학은 캠퍼스의 맨 꼭대기에 있었다. 기다리는 동안 졸업생들이 하나둘 모여들었다. 그들은 가족들과 기념촬영을 하거나 꽃다발을 주고받았다. 그러는 동안에도 그는 나타나지 않았다. 친구가 졸업생 하나를 붙들고 물었다.

─혹시 늙은 졸업생 못 봤소?

─완수 형님 말이죠? 일찍 운동장에 보였는데요.

우리 친구는 나이 때문에 형님 대접을 받는 모양이었다. 그래도 역시 감감소식이었다. 할 수 없이 이층의 행정실로 올라가 확인했더니, 졸업식이 시작되기도 전에 가운을 반납하고 졸업장을 찾아갔다는 것이었다. 우리는 준비해 간 카메라로 자랑스러운 법과대학을 배경으로 기념사진을 한 장 박고 돌아설 수밖에 없었다.

*

잠적했던 고시생이 나타난 것은 꼭 십 년 만이었다. 그는 남부터미널에서 하늘을 올려다보며 서 있었다. 고속버스에서 내린 지 한참 된 모양이었다.

"서울 하늘이 늘 이 모양이냐?"

손을 내밀자 그가 한 첫 마디였다. 마치 갑자기 나타난 것이 그 때문인 듯한 투였다. 그의 손을 잡으며 머리 위를 올려다보았더니, 아닌 게 아니라 황사 현상으로 하늘이 뿌옇게 흐려 있었다. 그래서 쳐다보는 이를 답답하고 아득한 느낌에 사로잡히게 만들었다. 그가 던진 첫 마디도 아마 그 때문이었으리라. 한순간, 그와의 사이에 쌓인 시간의 두께를 눈앞에 대하는 기분이었다.

"얼마 만인 줄 아니?"

"강산이 한 번쯤 변했을걸."

"그 세월이면 요즘은 몇 번 변한다."

사실이었다. 그가 사라진 십 년의 세월은 변화무쌍한 시간이었다.

우리는 터미널 주위를 벗어나 한 음식점에 들어갔다. 자리에 마주앉고 나서야 그의 얼굴을 찬찬히 살펴보았다. 본래도 성한 구레나룻이 무성하게 웃자라 있었으나, 짧지 않는 세월도 그의 모습을 크게 변모시키지는 못한 것 같았다. 사각의 얼굴에 숱이 적은 반고수머리, 넓은 이마에 고집스레 꽉 다문 입술은 그렇다 치더라도 안경 속의 형형한 눈빛이 옛날 그대로였다. 낯설지 않아 다행이었다.

"어쩌다 보니 숨어 산 꼴이 되고 말았다."

본인의 설명이 아니더라도 그는 은둔자였다.

"고시는 왜, 언제 그만둔 거니?"

무엇보다 궁금한 일이었는데, 묻고 보니 추궁하는 꼴이 되었다.

"오래 전에 접었지."

소식을 끊고 종적을 감춘 것도 그 때문일 것으로 이미 짐작하고 있었다. 그러나 본인의 입으로 직접 듣기 전에는 도저히 인정하고 싶지 않았다. 비록 소식은 없지만 어딘가에서 공부를 계속하고 있으리라, 그렇게 믿고 싶었다. 그 이유는 오직 하나, 그의 역정이 워낙 남달랐기 때문이었다. 그래서 당장 본인의 입을 통해 그 사실을 확인하면서도 얼른 믿어지지 않았다.

"그렇게 쉽게?"

"쉽지는 않았지."

"쉽지 않은 결정을 왜 했어?"

"뒤늦었지만 나를 찾으려고. 결정하고 나서야 내가 헛살았다는 걸 알았지."

그가 자신의 감정을 결코 거짓으로 포장하고 있지 않다는 것을 알 수 있었다. 그러나 선뜻 동조할 수는 없었다. 결정은 그의 몫이었고, 그것에 대해 조언할 기회도 없었다. 그래서인지 그의 포기가 가슴을 다시 먹먹하게 만들었다. 그것은 아마 까마득한 지난날 그가 찾아왔던 일이 불쑥 떠올라서 더욱 그랬을 것이다.

아무런 전갈도 없이 그가 나타났었다. 느닷없는 출현이었는데, 인사마저 오늘과 흡사했었다.

─대체 몇 년 만이지?

─아마 십 년쯤 되었을걸.

그와 헤어진 것은 고향에 있을 때였다. 그가 중학교를 마치고 농사를 짓다가 군대를 제대하고 돌아온 뒤였다. 그 뒤, 고향을 떠난 뒤에는 그의 소식을 통 들은 바가 없었다.

회사 앞 주점에서 소주잔을 앞에 하고 그의 근황을 물었지만, 그는 잠자코 히죽 웃기만 했다. 그것이, 자신에 대해 너무 감감소식이어서 곧이곧대로 털어놓기가 쑥스러워 웃는 웃음인 줄을 전혀 눈치채지 못했다. 한참만에야 그가 실토했다.

─나, 올해 대학 들어갔다.

그 말에 적잖이 놀랐다. 그의 나이 때문이었다. 그 나이에 대학에 들어가다니! 그때서야 고향에 있을 무렵, 그가 검정고시를 준비한다면서, 컴컴한 뒷방에 대낮에도 촛불을 켜고 공부하던 일이 어렴풋이 떠올랐다. 그런 그를 보고 겉으로는 열심히 하라고 격려하면서도 속으로는 헛고생을 한다고 딱하게 여겼었다. 그러고는 까맣게 잊어버리고 있었다.

그런데 더욱 놀라운 것은 그가 들어간 대학이었다. 그는 아무렇지 않게 학교 이름을 댔으나, 거기는 아무나 들어갈 수 있는 학교가 아니었다. 경이로움을 넘어 어이없는 기분이어서 벌어진 입을 다물지 못한 채 외쳤다.

─인간승리다!

나중에야 안 사실이지만, 고향에서는 그의 입학이 큰 화젯거리였던 모양이다. 마을이 생긴 이래 그 대학에 들어간 학도가 처음 나왔으니 그럴 만한 일이었다. 더구나 법과대학이고 보니 그들의 관심은 더 대단할 수밖에 없었다. 벌써 판검사 영감이 나온 거나 진배없었던 것이다.

"대학 들어가고 나 찾아온 거 기억나니?"

겨우 속마음을 이렇게 우회적으로 표현할 수밖에 없었다.

"오류의 시작 말이냐?"

"오류라니?"

"인간승리라고 추켜세우는 바람에 내가 얼마나 우쭐해졌는지 모르지?"

그때를 떠올리듯 그가 씁쓰레한 표정을 지었다.

"그럼 그게 승리 아니고 패배냐?"

"승리고 패배고 간에 도로였으니 문제지."

"도로라니?"

"내가 검정고시 준비할 때 너 속으로 딱한 생각이 들었다고 했었지? 그게 옳았던 거야."

그는 그 말까지 기억하고 있었다.

"내가 어리석어서 그랬지."

"모든 게 착각이었어."

"어떻게 여기든 순수했던 목표까지 왜곡할 건 없어. 고시를 포기한 건 그거와는 별개야. 물론 그 목표까지 이루었으면 더욱 좋았겠지만."

탈속한 듯한 그의 태도에 갑자기 거부감이 치밀었다.

"미안해. 하지만 늦게나마 천만다행이었지. 그렇지 않았다면 언제까지 매달려 있었을지 몰라. 자칫 또 한 차례 속을 뻔했지."

"아무래도 네 생각은 너무 패배적인 것 같구나."

잠시 입을 닫고 열심히 밥을 먹는 척했으나 다시 대화를 이을 수밖에 없었다.

"그래, 뭐 때문이었지?"

"너 들으면 웃을걸."

잠자코 그의 대답을 기다렸다.

"어느 핸가 내 이름과 똑같은 이름이 신문의 합격자 명단에 오른 거 기억나니?"

물론 기억하고 있었다. 그 무렵, 그는 지방의 어느 절에 박힌 채 고시에 매달려 있었다. 그래서 해마다 사법고시 최종합격자의 명단을 신문에서 확인했다. 그 해도 어김없이 합격자 명단이 신문에 실렸는데, 그의 이름이 그 속에 끼여 있었다. 얼마나 기뻤는지 모른다. 그런데 흔한 이름이라 마음이 놓이지 않았으나 확인할 길이 없었다. 찜찜한 마음으로 집에 돌아왔는데, 아들 녀석이 들려준 전갈이 너무도 뜻밖이었다.

—어떤 아저씨 전화 왔는데, 아니라고 하라던데요. 그러면

아신다면서요.

"그때, 문득 이런 생각이 들었어. 동명의 그 친구가 내 대역을 한 거라고. 그래서 아주 맡겨 버리기로 했지. 좀 허황하게 들리지?"

"허황해도 너무 허황하다."

그날의 아쉬움이 새삼 억울한 느낌이었다.

"무슨 계시처럼 그 생각이 나를 사로잡았어. 그래서 맞지도 않으면서 오랫동안 걸치고 있던 옷을 그 친구에게 벗어줘 버리기로 했지."

그는 확신에 찬 듯했으나 여전히 터무니없다는 생각뿐이었다.

"그 사람이 누군데?"

"내가 어떻게 알아."

우리는 한참 동안 어색한 침묵 속에 잠겼다.

"그래, 평생의 짐을 모르는 사람에게 떠넘겨 어깨가 가벼워졌나?"

"처음엔 그렇지 못했지. 마음을 달래려고 지리산으로 들어갔어."

문득 상심한 그가 헤매고 다녔을 산골짜기가 눈앞을 스쳤다.

"그래도 인간적이어서 다행이구나."

"그런데 거기에도 고시와의 악연이 기다리고 있었지."

이건 또 무슨 소린가, 하고 그의 얼굴을 멀건이 바라보았다.

"옆방에 고시생이 하나 있었어. 어느 날, 그 친구가 내 전 재산을 훔쳐 달아났거든."

실컷 웃고 나자 그가 겪었을 당혹감과는 상관없이 속이 확 뚫리는 느낌이었다.

"그때 깨달았어. 그만 내려가라는 뜻인가 보다고."

"어느새 운명론자가 된 셈인가?"

"그래, 도사가 다 됐지. 그 산엔 도사들이 많아."

"그래도 타인에 대한 통찰의 눈은 미처 틔지 않았던가 보구나.”

“그건 지금도 마찬가지지.”

그는 고개를 주억거렸다.

“그래서 어떻게 되었어?”

“배운 게 도적질이라, 산을 내려오자 가까운 도시의 고시학원을 찾아갔단다.”

“얼씨구!”

판소리 가락에 장단을 맞추듯 추임새를 넣었다.

“사정을 듣더니, 졸업증명서를 떼어 오라고 했단다. 그 학교 나왔다는 걸 어떻게 믿었겠냐.”

“나라도 믿기 어려웠겠다.”

“주머니를 까뒤집어 보이며, 청소라도 하고 있을 테니 직접 떼보라고 했단다.”

대걸레를 들고 고시학원 바닥을 닦고 있는 처량한 운명론자의 모습이 다시 눈앞을 스쳤다.

“며칠 뒤, 원장 친구가 내 손을 덥석 잡았단다, 왜 이제사 왕

림하셨냐면서……."

우리는 함께 포복절도했다.

"알고 보니, 원장도 한때 고시에 미쳤던 친구더군."

"거기선 설마 악연은 아니었겠지?"

"그 친구가 내 손을 잡는 순간 깨달았지, 내가 얼마나 먼 길을 돌아왔는지. 금붕어를 기르려면 어항 하나면 족한 것을. 난 그것도 모르고 연못을 파고 있었으니……."

십 년 만에 한 번씩 나타나 사람을 놀라게 하는 그를 나는 멀거니 바라볼 수밖에 없었다.

적토마
―죽마지우 3

옛날 옛적에 달리기를 아주 잘 하던 한 소녀가 있었다. 우
리 기억으로는 그녀보다 더 잘 달리는 사람은 이 세상에 없었
다. 시골 학교에서 남녀 통틀어 그녀가 최고였다. 남학생도 그
녀를 결코 따라잡지 못했다. 교내 운동회는 말할 것도 없고,
군郡 체육대회에서도 그녀는 일등상을 탔다.

선생님은 그녀를 두고 '적토마'라고 불렀다.

"선샘요, 적토마가 뭡니꺼?"

"적토마는 삼국지에 나오는 유명한 말이다."

우리는 『삼국지』가 어떤 책인지도 몰랐고, 읽은 적도 물론 없었다. 선생님의 설명을 듣고 나서야, 그것이 중국의 역사를 다룬 소설이라는 것을 알았다. 그리고 적토마가 그 소설 속의 영웅이 탔던 유명한 말이라는 것도 함께 알았다.

"다른 말과 뭐가 다릅니꺄?"

"붉은색 갈기에, 하루에 천리를 달렸다고 한다."

말만 들어도 적토마는 대단한 말이었다. 그런 말을 여학생에게 빼앗겨서 남학생들은 부끄러웠다. 그러나 적토마가 암말인지 수말인지는 모르지만, 그녀가 그 말과 썩 어울린다는 점은 인정하지 않을 수 없었다.

왜냐하면 달리기도 달리기지만, 그녀의 머리가 다른 아이들과 달리 유별나게 붉은빛을 띠고 있었던 것이다. 그리고 껑충하게 긴 다리 또한 말 다리를 연상시켰다. 그녀가 긴 다리로 붉은빛이 도는 긴 머리를 휘날리며 내달리는 모습은 정말 볼만했다. 그 모습은 단연 압도적이었다. 그러니까 그녀의 붉은 머리는 적토마의 붉은 말갈기였던 것이다.

"계집아이를 말에 비유해서 미안하지만 틀림없는 적토마야, 적토마!"

선생님의 찬탄에 우리는 본 적도 없는 적토마를 눈앞에 그렸다. 실은 우리는 적토마는 고사하고, 말이라고는 책에서 그림으로나 보았지 한 번도 실물을 본 적이 없었다. 시골에는 말이 없었다. 어쨌든 그녀는 틀림없는 적토마였고, 우리는 그녀를 곧잘 이름 대신 적토마라고 불렀다.

적토마와 달리기를 떠올리면 안타까운 장면이 둘 있다.

어느 해, 군 대항전에서였다. 4백계주가 벌어졌다. 네 사람이 이어서 달리는데 그녀가 마지막 주자였다. 앞의 주자까지는 선두와 많이 떨어진 3등이었다. 그녀의 적토마 같은 질주로 선두를 아슬아슬하게 따라잡았다. 그런데 그때, 눈을 의심할 만한 일이 벌어졌다. 결승점 바로 앞에서 그만 적토마가 쓰러지고 만 것이다. 우리들이 발을 동동 굴렀으나 적토마는 스러진 채 일어나지 못했다. 일등은 한순간에 물거품이 되고 말왔다.

알고 보니, 그녀는 아침도 굶고 빈속으로 달렸다. 그날 공교롭게도 어머니가 아이를 낳는 바람에 등교도 어려운데 선수라 참가했던 것이다. 그리고 그 사실을 부끄러움과 자존심 때문에 선생님께 입도 떼지 않았다.

"아침을 굶고도 말 한마디 않다니……."

선생님도 안타까워 뒷말을 잇지 못했다.

그러나 더욱 난감한 것은 땅을 치고 우는 적토마를 달래는 일이었다. 적토마는 일등을 놓친 분함과 우리들에 대한 미안함과, 그리고 무엇보다도 자신에 대한 한탄으로 울고 또 울었다.

그리고 또 한 장면은 졸업식 날을 빼놓을 수 없다.

그 무렵은 3월에 졸업식이 있었다. 겨울방학이 끝나고부터 졸업을 앞둔 아이들 얼굴에는 벌써부터 수심이 가득했다. 여학생들이 훨씬 더했다. 진학하는 아이들을 빼고는 다시는 학교에 다닐 수 없었기 때문이다. 남학생은 대개 농부가 되거나 아니면 도시로 나가고, 여학생은 공장에 들어가거나 시집 갈 준비를 하게 된다.

그것이 바로 졸업식과 함께였다. 그러니까 졸업 전까지는 우리 모두를 평등하게 학생으로 지켜 주었지만, 졸업과 함께 그 보호막이 사라지고 마는 셈이었다. 그러니 진학하지 못하는 남녀 학생들에게는 졸업식이 마치 에덴과의 이별과도 같았다. 졸업식이 곧 거친 세파 속으로의 출발점이었던 것이다.

사실 중학교에 진학하는 사람은 반에 열 명도 채 되지 않았다. 그것도 거의 남학생이었다. 여학생은 아예 한 명도 없을 때가 있었다. 어느 집이나 못 살기는 마찬가지였지만, 웬만큼 사는 집에서도 여자라면 상급학교에 거의 보내지 않았다. 여자가 학교에 가서 뭐 하느냐는 거였다.

그만큼 세상에 어두웠고, 우리 시골은 훨씬 더한 편이었다. 몇몇 성바지가 문중을 차리고 허울뿐인 옛 영광에 젖어 있던 탓이었다. 알량한 양반 자랑들이나 하고 있었는데, 알고 보면 내세울 것은 개뿔도 없는 향반에 지나지 않았다.

그러자니 시골 국민학교의 졸업식은 자연 눈물바다였다. 그것은 전날 예행연습 때부터 시작된다. 진짜 졸업식은 다음 날인데도 그 전날부터 눈물바람이 불기 시작하는 것이다.

졸업식의 하이라이트는 송사와 답사였다. 재학생 대표의 송사에 이어 졸업생 대표의 답사가 있다. 답사는 처음부터 흐느낌 속에서 진행된다. 보통 송사는 남학생이, 답사는 여학생이 읽었다. 답사의 두루마리가 조금씩 펼쳐지는 사이에 답사자의 흐느낌이 먼저 새어 나오고, 잇따라 이곳저곳에서 울음이 터지게 마련이었다. 아무도 그 울음을 말릴 수 없었다. 그것은 졸업가 합창에서 절정을 이룬다. 이때쯤에는 내빈과 학부모들도 손수건을 꺼내 눈물을 닦았다.

우리의 졸업식도 예년과 다를 바 없었다. 눈물의 졸업식이었다. 이미 전날 예행연습 때부터 시작된 일이었다. 내빈 축사와 상장 수여식이 끝나고, 재학생 대표의 송사가 있었다. 5학년 남학생이 송사를 비교적 담담하게 읽어 내려가는데도 졸업생 사이에는 흐느낌 소리가 들렸다. 그리고 졸업생 대표로 여학생이 답사를 읽어 가면서 울음소리가 진동했다. 그리고 졸업가 2절에서 완전히 눈물바다가 되고 말았다.

잘있거라 아우들아 정든 교실아
선생님 저희들은 물러갑니다

그때, 창밖 운동장에 생각지 못한 광경이 벌어지고 있었다. 언제 졸업식장을 빠져나갔는지 우리의 적토마가 운동장을 내달리고 있었던 것이다. 그녀는 울면서 운동장 바퀴를 돌고 또 돌았다. 말갈기처럼 휘날리는 붉은빛 머리가 그날따라 정말 슬퍼 보였다.

그것이 우리가 본 그녀의 마지막 질주였다. 그리고 그녀가 왜 졸업식 도중에 그렇게 운동장을 달리는지 우리는 알았다. 졸업식이 끝나면 그 운동장을 떠나야 한다. 떠나기 전에 적토마는 바람처럼 달리는 모습을 우리에게, 그리고 자신에게 마지막으로 확인시키고 싶었던 것이다.

*

　오랜 세월이 흐른 뒤였다. 옛날 친구들—고시생과 고물
상—과 함께 적토마를 만나게 되었다. 그녀가 서울에 살고 있
다는 것은 알고 있었지만 만나기는 졸업하고 처음이었다. 적
토마라는 별명답게 시원스레 잘 달리며 활달했던 그녀가 어떤
모습을 하고 있을까 몹시 궁금했던 게 사실이다.

　"야, 니들도 나이 들었네."

　달리기 솜씨는 어떻게 되었는지는 모르지만 적토마의 성격
은 여전한 듯했다. 삼십여 년 만에 만난 사내 셋을 앞에 하고
도 조금도 주눅들지 않았고, 공연한 겉치레를 내보이지도 않
았다. 그래서 대화도 자연스러웠다.

　"그새 머리가 바뀌었군?"

　고물상 친구가 그녀의 얼굴을 살피다가 말했다.

　"평생을 어떻게 한 머리로 사냐."

　그녀가 얼른 알아듣고 대답했다.

"적토마의 갈기가 아닌데?"

친구의 말에 따라 우리는 그녀의 별명을 다시 떠올렸다.

"너희들, 아직도 그 별명을 기억하고 있어?"

"그걸 잊었다면 뭐 하러 만나?"

그러고 보니, 적토마의 갈기처럼 붉은빛을 띠었던 머리가 검은색으로 바뀌었고, 길이도 짧아지고, 퍼머를 하고 있었다.

"그 머리가 제격인데 왜 바꿨노?"

"그때는 그 머리가 어울렸지. 적토마였으니까."

그녀는 잠시 말을 끊었다가 다시 이었다.

"이젠 이 머리가 어울려. 미용사니까."

졸업하고 서울로 올라와서 미용 기술을 배워, 그녀는 어엿한 미용사가 되어 있었다. 그리고 헤어숍을 두 군데나 꾸리고 있었다.

"밥 굶을 일은 없겠구나."

고시생 친구의 말은 군 대항전 때의 일을 염두에 두고 하는 말이었다. 그녀도 금방 알아들었는지 피식 웃었다.

"언제적 얘기를 하는 거야? 요즘 밥 굶는 사람이 어디 있어."

그리하여 우리는 다시 그리운 적토마 시절로 돌아갔다. 그리운 운동회, 그리운 달리기가 눈앞에 선했다.

"적토마는 세월 잘못 만났지."

그녀가 고시생 친구의 얼굴을 쳐다보았다.

"지금 같으면 국가대표가 되고도 남았을 텐데."

사실이었다. 시대를 잘 만났으면 적토마는 국가대표가 되어 국제대회에도 나갈 수 있었을지 모른다. 겨우 군 대항전 출전에 그칠 달리기가 아니었다.

"딱 한 번 억울한 생각이 든 적은 있어."

그녀가 우리를 바라보며 말했다. 그것이 무엇인지 우리는 궁금했다.

"아시안게임 때 3관왕 한 여자 선수 있었지?"

"그래, 임춘애!"

우리는 비쩍 마른 그 선수를 떠올리며 동시에 대답했다.

"그 애, 라면 먹고 달렸다는 기사 보고, 나도 라면 시대에 태어났더라면 얼마나 좋았을까 싶었어."

"그래, 라면 먹고 달렸더라면 쓰러지지 않았겠지."

억울한 생각은 우리도 마찬가지였다. 적토마도 라면 시대
에 태어나 뛰었더라면 임춘애처럼 충분히 3관왕이 될 수 있었
을 것이다. 그러나 라면은 고사하고 보리밥도 잘 못 먹던 시절
이었다.

"지금은 라면으로도 안 돼. 고기 먹고 달려도 일등하기 어
려워."

고물상 친구의 말대로 지금은 라면 먹고 달리는 시대가 아
니었다. 고기 먹고 달려도 적토마가 되기 힘들었다. 그래서 라
면 먹고 달린 임춘애보다 굶고 달린 우리 적토마가 훨씬 장해
보였다.

"지금까지 살면서 달리기를 두고 두 번 후회했어."

그녀의 말에 첫 번째는 짐작이 가는데, 두 번째가 뭔지 궁금
했다.

"첫 번째는 너희들도 알 테고, 두 번째는 애 아빠와 헤어졌

을 때야."

우리는, 그녀가 남편과 헤어진 줄은 몰랐다.

"내 달리기에 그 사람이 질렸던가 봐. 내가 너무 앞만 보고 달렸거든."

우리는 적토마를 위로할 말이 없었다. 앞만 보고 달린 것은 비단 그녀만이 아니었다. 그것은 그녀의 선택이 아니라 시대의 과제였다.

"너희들도 알지 않아, 내가 얼마나 빠른지."

"너가 적토마인 줄 그 사람은 몰랐나?"

고물상 친구가 진지하게 묻는 바람에 우리는 다 함께 웃고 말았다.

"그래서 앞으로는 천천히 달리려고 해."

이제 그녀는 적토마의 영광과 실패를 다 극복한 듯 보였다.

"잘 생각했다. 인생은 4백계주가 아니니까."

고시생 친구의 결론에 모두들 잠시 자신이 살아온 세월을 되돌아보고 있었다.

별과 같이 살다

별이 그 빛만으로 신비로운 존재가 아니란 걸 가르쳐 준 건 삼촌이었다.

"별은 우리 모두의 어버이야. 우리 몸은 별의 원료로 만들어졌거든."

삼촌의 설명에 따르면, 우리의 몸을 구성하는 원소는 별들의 핵반응으로 발생한 원시수소로 만들어졌다는 것이었다. 삼촌의 설명을 완전히 이해할 수는 없었지만, 나는 별과 사람이 별개가 아니라는 게 너무 신기했다.

삼촌은 또 언젠가 말했다.

"너무 멀리 떨어져 있어서 아직 우리에게 그 빛이 닿지 못한 별이 너무 많단다. 밤하늘이 어두운 건 그 때문이야."

그 삼촌과의 재회는 전적으로 아버지의 관절염 때문이었다. 그렇지 않았다면 성묘 때문에 나를 부르진 않았을 것이었다. 성묘라고 해야 할아버지와 할머니 산소뿐이었다. 두 산소는 새삼 설명이 필요 없었다.

"한 곳이 더 있다."

말을 끊고 아버지는 나를 건너다보며 물었다.

"너 아직 삼촌을 기억하니?"

나는 대답 대신 아버지의 얼굴을 마주 바라보았다. 삼촌 이야기는 가족들 사이에 입에 올리지 않는 게 오랜 불문율이었다. 그런데 그 불문율을 아버지가 깬 때문이었다.

"그 삼촌 무덤이다."

아버지의 말은 나를 더욱 놀라게 만들었다. 나는 여태껏 삼촌의 무덤이 있는 줄 까맣게 몰랐다. 아무리 오랫동안 성묘에

참석치 못했다 해도 이것은 너무 뜻밖의 일이었다. 내 마음을 읽은 듯 어머니가 나섰다.

"아버지도 할머니 돌아가실 무렵에야 아셨단다."

그러니까 할머니만 삼촌의 무덤을 알고 있었다는 뜻이었다.

"할머니가 이걸 남기셨다."

아버지가 무언가를 내밀었다. 흰 손수건에 고이 싼 물건이었다. 그 손수건을 보는 순간 나는 너무도 눈에 익었다. 그것은 할머니의 손수건이었다. 가장자리를 파란 색실로 마감한 하얀 손수건. 잔칫집에 갔다가 오실 때면 나 먹으라고 떡이나 유과를 싸 왔던 그 가제 손수건.

"가지고 가거라."

손수건 속에서는 놀랍게도 삼촌의 훈장이 나왔다. 삼촌이 월남전에 다녀오며 받은 것이었다. 삼촌이 제대하고 돌아왔을 때 잠깐 보였다가 어느새 사라지고 보이지 않던 그 훈장. 그것을 할머니가 간직하고 있다가 아버지를 거쳐 나에게 전해진 셈이었다.

*

할아버지와 할머니 산소의 성묘를 마치자 나는 아버지가 가르쳐준 대로 삼촌의 무덤을 찾아 나섰다. 아버지의 설명이 아니더라도 삼촌이 누워 있을 만한 곳을 나는 짐작할 수 있었다. 범골 저수지 부근, 그곳밖엔 없었다.

지난날에는 성혼을 하지 않은 자식은 나이 들어 죽어도 그 무덤을 짓거나 찾지 않는 게 보통이었다. 삼촌도 마찬가지였다. 삼촌이 사라진 그날 이후 집에서는 아무도 삼촌 이야기를 입에 올리지 않았고, 무덤 또한 처음부터 존재하지 않은 양 그렇게 잊혀진 것으로 알고 있었다. 그러나 할머니만은 그게 아니었던 모양이다. 미처 장가를 들지는 못했지만 다 큰 자식의 무덤을 애장처럼 산천에 그냥 버릴 수만은 없었으리라. 이미 자신의 가슴에 묻어 두었다 해도 말이다. 그리고 보니, 삼촌이 떠난 다음 할머니가 이따금 한 나절씩 보이지 않다가 눈가가

빨갛게 물든 채 돌아오던 기억이 난다. 그때 삼촌의 무덤을 찾아갔던가 보다. 그렇게라도 하지 않았다면 삼촌의 허망한 소멸을 할머니가 어떻게 받아들일 수 있었겠는가. 아버지와 어머니는 몰랐다고 하지만 알고도 모른 척했으리라.

여름이 다할 무렵의 어느 새벽이었다. 소변 때문에 잠이 깼다. 옆에 삼촌이 없었다. 아직 마당의 평상에 누웠나 하고 나가보았지만 거기도 보이지 않았다. 풀벌레 소리도 끊어진 정적 속으로 새벽달만 환하게 빛을 뿌리고 있었다. 그 환한 달빛과 정적을 뚫고 어디선가 흐느낌 소리가 들려왔다. 나는 정신이 번쩍 들었다. 그 소리는 우물가 장독대 쪽이었다. 삼촌은 그 여름 이따금 장독대의 빈 독 속에 몸을 숨기곤 했었다. 그 쪽으로 다가가 보니 삼촌이 장독에 기대앉은 채 한쪽 무릎 위에 얼굴을 묻고 있었다.

문득 삼촌에게 피할 수 없는 일이 일어나고 있음을 나는 직감했다. 그것은 그 여름 내내 삼촌을 살피면서 내가 느끼고 있던 불안의 결정체였다. 세상에서 오직 하나뿐인 사람의 신상에 무슨 일이 생기면 그를 따르는 사람은 그런 예감을 느끼게 되는 법이다. 설사 그것을 부정하고 싶은 것일지라도 말이다.

아무래도 삼촌은 어떤 결정을 이미 마친 것 같았다. 그날 저녁은 밤하늘을 향한 삼촌의 통신이 왠지 더욱 절박해 보였다. 귓가에 쌓이는 그 소리가 안타까워 나는 먼저 방으로 들어와 홑이불을 뒤집어쓰고 잠이 들었었다. 내가 잠든 사이에 삼촌에게 무슨 일이 일어났음에 틀림없었다. 그리고 그것이 삼촌의 결행을 재촉하고 있는 듯했다. 삼촌은 내가 나온 줄도 모르고 한참을 더 흐느꼈다. 삼촌이 우는 걸 보기는 처음이었다. 삼촌은 결코 우는 사람이 아니었다. 전쟁터에서 한쪽 다리를 잃고 돌아와서도 눈물을 보인 적이 없었다.

흐느낌 뒤에 침묵이 왔다. 이윽고 삼촌은 몸을 일으켜 사립 쪽으로 걸어갔다. 둥근 달이 서쪽으로 기울어진 채 마지막 빛을 뿌리고 있었다. 삼촌의 그림자가 한쪽이 이지러진 채 허수아비처럼 마당을 빠져 나갔다. 내가 뒤따르는 걸 삼촌이 아는지 알 수 없었다. 삼촌은 마을을 벗어나 뒷산 쪽을 향했다. 그쪽은 외길이었다. 그 길은 멀리 범골로 이어졌다. 범골은 깊은 산이다. 그 범골 입구에 저수지가 있었다. 그 깊고 칙칙한 물빛 때문에도 아이들의 발길이 뜸한 곳이었다. 삼촌은 산 밑을 지나 검은 솔숲으로 들어갔다. 이제 내가 결정할 차례였다. 삼촌의 뒤를 더 따를지 그만둘지, 아니면 삼촌을 불러 세울지. 그러나 나는 삼촌을 더 따라가지도, 불러 세우지도 못했다. 어쩌면 그때쯤엔 나는 좀더 구체적인 예감을 하고 있었던 듯하다. 그 여름 내내 삼촌이 통신한 어느 별에서 마침내 소식이 왔으리라. 그것은 삼촌뿐 아니라 내가 간절히 바라던 바였다.

솔숲이 끝나는 곳에서 나는 걸음을 멈추고 삼촌을 혼자 보냈다. 삼촌은 달빛을 받고도 어둡고 아득한 범골을 향해 절룩거리며 걸어갔다. 달빛 속으로 달빛에 실려 가고 있었다. 나는 삼촌을 보내며 삼촌만이 아는 어느 곳에 삼촌을 태우고 가려고 삼촌의 별에서, 어젠가 삼촌이 들려준 비행접시 같은 게 와 있을 거라고 생각했다. 삼촌이 나한테서 멀어질수록 나는 엄마의 치마끈을 놓지 않는 아이처럼 그 생각에만 매달렸다. 내가 삼촌을 위해서 할 수 있는 일은 그 믿음 외엔 아무것도 없었다. 나는 겨우 열네 살이었다.

*

그날 이후 범골 저수지는 나에게 있어서 금단의 지역이었다. 그 금단의 지역에 수목이 훨씬 더 우거진 듯했다. 옛날에도 범골은 꽤 깊고 짙은 산이었다. 그러나 저수지는 내가 머릿속에 간직하고 있던 것보다는 작고 초라해 보였다. 어린 날의 기억으로는 산 굽이굽이를 돌아 넓게 펼쳐지고 물도 아주 깊은 것으로 각인되어 있었다. 그러나 이제 와서 보니 그렇게 큰 저수지는 아니었다. 그리 넓지 않은 아래 들판에 물을 공급하기 위한 평범한 농수용 못에 지나지 않았다.

그러한 느낌이 나를 새삼스레 실망시키지는 않았다. 나이들고 세상을 알게 되면 다 그런 법이다. 지난날 커 보였던 것도 턱없이 작아 보이고, 지난날 신비로웠던 것도 그냥 범속해 보이게 마련이다. 학교의 운동장과 나무들을 보라. 그렇게 넓고 커 보이던 게 얼마나 좁고 왜소하게 변해 버리던가. 그러나 호젓한 저수지의 칙칙하고 검푸른 물빛만은 여전히 옛날처럼 그 섬뜩한 느낌을 던져주는 듯했다.

삼촌의 무덤은 저수지에서 범골 쪽으로 좀더 올라간 산기슭 밭가에 있었다. 본래 그곳은 큰할아버지댁 감밭이었다. 감이 주렁주렁 달릴 무렵 그 감밭에 삼촌을 따라 한두 번 온 적이 있었다. 그때 삼촌은 감을 가리키며 이렇게 말했던 듯하다.

"감들이 외롭고 무서울 것 같지?"

감나무는 오래 전에 베어지고 지금은 버려진 묵정밭이었다. 그 묵정밭 가에 작고 나지막한 봉분 하나가 외롭게 엎드려 있었다. 그리고 그 위에 억새가 웃자란 채 시들어 가고 있었다.

삼촌이 갑자기 귀향한 건 서울로 떠난 지 일 년 만이었다. 삼촌은 원호청에서 주선한 취직자리를 구해 그 전해 서울로 떠났던 것이다. 그런데 그 일 년 사이에 삼촌은 몰라보게 변한 모습이었다. 얼굴이 너무도 말라 있었다. 마른 얼굴에 눈빛만 형형했다. 그리고 한쪽 다리가 더욱 불편해 보였다. 언제나 그랬듯 내 머리를 쓰다듬었지만 삼촌의 손에는 힘이 하나도 없었다.

"키가 많이 컸구나."

비록 야윈 모습이었지만 삼촌이 내려와서 가장 신나는 건 나였다. 그런 내 마음을 아는 듯 삼촌은 다시 물었다.

"그래, 네 별을 찾았니?"

삼촌은 서울로 떠나면서 내게 했던 당부를 잊지 않고 있었다.

"아직 모르겠어요."

나는 삼촌이 서울로 떠나 없는 동안에도 부지런히 내 별을 찾고 있었다. 그러나 어느 것이 나의 별인지 알 수 없었다. 북두칠성 부근의 북극성과 서쪽 하늘에 제일 먼저 뜨는 개밥바라기별이 마음에 들었지만, 그 별들은 너무 유명해서 이미 다른 사람들이 차지했을 것 같았다. 어떤 때는 은하수 너머 보일락 말락 희미한 별에도 마음이 갔지만, 그것은 너무 멀어 나는 아직도 내 별을 정하지 못하고 있었다.

"이제 나하고 함께 찾아보자."

삼촌의 위로에 나는 안심이 되었지만 변한 모습이 못내 마음에 걸렸다. 그런데 변한 건 삼촌의 모습만이 아니었다. 삼촌은 종일 말이 없었다. 첫날 할머니가 왜 내려오게 되었는지 물어도 짤막한 대답뿐이었다.

"조금 쉬려구요."

그리고 방에만 틀어박혀 있었다. 정말 쉬어야 할 만큼 많이 쇠약해 보였다. 그런가 보다고 여기면서도 할머니와 아버지의 얼굴이 점점 어두워졌다.

그런 어느 날, 삼촌에게 편지가 왔다. 서울에서 온 것이었다. 내가 그것을 가지고 방에 들어갔더니 삼촌은 문에 붙은 쪽유리에 눈을 박고 밖을 내다보고 있었다. 삼촌은 얼른 손짓으로 나를 불러 목소리를 낮추고 물었다.

"밖에 누가 찾아왔지?"

나는 고개를 저었다.

"낯선 사람 소리가 나던걸?"

나는 잠자코 편지를 삼촌에게 내밀었다. 편지를 뜯는 삼촌의 손이 심하게 떨리고 있었다. 편지를 읽으면서 삼촌의 얼굴이 점점 굳어졌다. 편지를 다 읽고 난 삼촌이 내게 말했다.

"누가 찾아오면 먼저 나에게 알려다오. 그리고 내가 왔다고 하면 안 된다."

삼촌은 누구에게 쫓기는 것 같기도 하고, 뭔가 두려워하는 것 같기도 했다.

얼마 뒤, 정말 낯선 사람이 삼촌을 찾아왔다. 아버지가 그 사람을 맞는 사이에 나는 얼른 삼촌에게 알리려고 방으로 들어갔다. 삼촌은 그때도 벌써 문구멍으로 바깥을 내다보고 있었다.

"저 자가 왜 왔지, 저 자가……."

그러더니 허둥지둥 옆문으로 해서 밖으로 빠져나가는 것이었다. 그리고 내게 말했다.

"나 없다고 해. 가르쳐주면 안돼."

그날 찾아온 손님은 삼촌을 만나지 못했다. 삼촌이 장독대의 빈 독 속에 숨어 버린 때문이었다. 나는 시킨 대로 아버지에게 삼촌이 숨은 걸 말하지 않았다.

아버지는 찾아온 사람과 함께 집을 나갔다가 한참이나 지나서야 혼자 돌아왔다. 할머니가 궁금한 얼굴로 아버지를 바라보며 물었다.

"그 사람이 누구냐?"

"회사 상관이래요."

"그 사람이 왜 왔어?"

아버지는 잠시 망설이다 대답했다.

"회사에서 무슨 충돌이 있었는데 쟤가 거기 끼였나 봐요."

할머니는 도대체 무슨 말인지 모르겠다는 얼굴이었다.

"그 일로 조사를 받았대요."

아버지가 잠시 숨을 돌리고 다시 말을 이었다.

"그런데 쟤가 치료를 받다가 아무 말 없이 사라졌대요."

"어디가 아파서 치료를 받았다는 거냐?"

"정신이 좀 혼란스러웠던가 봐요."

할머니는 벌어진 입을 다물지 못했다.

"하지만 이제 다 해결되었대요."

낯선 사람이 다녀간 뒤 아버지는 삼촌을 달래는 것 같았지만, 삼촌은 아버지 말을 듣지 않는 것 같았다. 할머니와 아버지는 이 모든 것을 삼촌의 부상 때문으로 돌릴 수밖에 없었다.

"그렇게도 말린 전쟁터엔 왜 가서 이런다냐."

할머니는 넋이 나간 사람 같았다.

"죽은 사람도 많은데 다리 하나 잃은 것 가지고….”

아버지도 낙담하기는 마찬가지였다.

얼마 뒤에 서울에서 소포가 부쳐져 왔다. 일 년 전에 서울로 갈 때 삼촌이 들고 간 군용 백이었다.

*

삼촌의 무덤은 전망이 좋았다. 눈 아래로 저수지가 훤히 내려다보였다. 무덤 위에는 하늘이 탁 트였고, 밤이면 저수지 물 위에 삼촌이 좋아하는 별들이 얼마든지 떨어져 잠길 수 있을

것 같았다. 아직도 삼촌이 옛날처럼 별을 좋아하고 있다면 말
이다.

그 후 삼촌은 서울엔 다시 가지 않았다. 서울에서도 한 번
더 연락이 오고 더 이상 오지 않았다. 그 무렵 삼촌은 완전히
다른 모습이 되어 있었다. 삼촌은 밤에만 밖으로 나왔다. 낮엔
종일 방에 박혀 있다가 밤이 되어서야 마당으로 나왔다. 삼촌
은 밤이면 나와 함께 마당의 평상 위에 누워 하늘의 별을 바라
보았다. 삼촌이 와서 마당 위 하늘의 별이 더 풍성해진 것 같
았다. 누워서 바라보면 별이 한없이 부풀어 오르는 것 같기도
했다.

"귀 기울여 봐, 별로부터 무슨 소리가 들리지 않니?"

나는 열심히 귀를 기울였지만 아무 소리도 들을 수 없었다.

"제 귀엔 아무 소리도 들리지 않는걸요."

"좀더 기다려 봐. 네게 보내는 별의 말이 틀림없이 들릴 거
야."

삼촌만은 별의 소리를 알아듣는 게 틀림없었다. 가만히 팔

베개를 하고 바라보다가 혼자 고개를 끄덕이기도 하는 것이었다. 그러다가 무슨 말을 중얼거리기도 했다. 그 말마저 나는 알아들을 수가 없었다. 그렇다, 그것은 별과의 통신이었다. 나는 그것을 삼촌이 언젠가 말한 은하계통신으로 이해했다.

삼촌의 은하계통신을 처음 접한 건 삼촌이 서울로 떠나기 전, 그러니까 군에서 제대하고 돌아와 집에서 보낸 그해 여름이었다. 어느 날, 한 여자가 찾아왔다. 담임선생님보다도 예쁜 얼굴이었다. 삼촌은 여자를 맞아 몹시 허둥대는 모습이었다. 삼촌은 여자와 함께 마을 앞 미루나무 숲을 지나 제방으로 나갔다. 나는 그때도 뒤를 따라갔지만 숲이 끝나는 곳에서 그만두었다. 삼촌을 여자와 함께 보냈다. 그날따라 절름거리는 삼촌의 한쪽 다리가 더욱 안쓰러워 보였다. 삼촌과 여자가 천천히 제방의 끝까지 걸어가는 모습을 나는 미루나무 숲 끝에서 바라보았다. 두 사람은 까마득한 제방 끝까지 갔다가 돌아오더니 다시 제방 끝으로 걸어가는 것이었다. 나는 홀로 집으로 돌아왔다.

해가 질 무렵, 삼촌은 혼자 돌아왔다. 삼촌의 얼굴은 여자가 찾아왔을 때와 달리 평온해 보였다. 그런 삼촌에게 어머니가 조심스럽게 물었다.

"삼촌, 그 참한 색시가 누구예요?"

"학교 후배예요."

"그럼 식사라도 대접해서 보내지. 멀리서 온 손님을……."

"그럴 필요 없어요."

그대로 방으로 들어가려는 삼촌을 어머니가 다시 불러 세웠다.

"후배가 왜 찾아왔어요?"

"그냥……. 이제 오지 않을 거예요."

그날 저녁, 삼촌은 오랜만에 밖에 나갔다가 밤이 이슥하여 들어왔다. 술을 마신 것 같았다. 안 그래도 불편한 다리가 한 옆으로 기우뚱거렸다. 나는 삼촌의 술 취한 모습을 처음 보았다. 삼촌은 말없이 평상에 쓰러져 누웠다. 삼촌은 무엇에 가슴을 짓눌리듯 가쁘게 숨을 내쉬었다. 그리고 뭔가 터져 나오려는 걸 이를 악물고 참는 듯했다. 삼촌의 그 고통은 단순히 술 때문만은 아닌 것 같았다. 그런 삼촌 곁에서 나는 잠이 들었다. 그러다가 언뜻 잠이 깼다. 길게 이어지는 귀에 선 소리 때문이었다. 삼촌이 뭔가 알아들을 수 없는 소리를 끊임없이 반복하고 있었다.

"쓰쓰돈, 돈, 도도도쓰, 돈, 쓰도쓰……."

나는 완전히 잠이 깨고 말았다. 무슨 말인지 알아들을 수 없었지만 삼촌의 소리는 절박했다. 아무래도 총총한 밤하늘의 별을 향한 무슨 신호 같았다. 나는 나중에 확신할 수 있었다. 그것이 삼촌이 별에게 보내는 다급한 구조신호란 것을. 삼촌은 훈장을 탄 통신병이었다.

이듬해 봄이 되었지만 삼촌은 복학 준비를 하지 않았다. 삼촌은 재학중에 입대했던 것이다. 할머니와 아버지는 말없이 삼촌의 눈치만 살피는 듯했다. 바로 그 무렵이었다. 오지 않을 거라던 여자가 다시 찾아왔다. 늦은 눈이 내리는 날이었다. 삼촌은 몹시 초조한 얼굴이었다. 삼촌은 여자를 데리고 지난번처럼 다시 제방으로 나갔다. 미루나무 숲은 조용했지만 가지마다 잎이 터지고 있었다. 나는 그 빈 숲의 가장자리에서 다시 삼촌을 보냈다. 지난번과 똑같이 삼촌과 여자는 제방 위로 올라섰다. 삼촌과 여자가 천천히 제방의 끝까지 걸어가는 모습을 나는 멀리서 바라보았다. 삼촌은 오늘따라 더욱 절름거리는 것 같았다. 두 사람은 까마득한 제방 끝까지 갔다가 돌아오더니 다시 제방 끝으로 걸어갔다. 흩날리는 눈 때문에 두 사람의 모습이 더욱 멀어 보였다. 그날 밤, 삼촌은 다시 술내를 풍기며 내 옆에 누워 신호를 보냈다.

"쓰쓰돈, 돈, 도도도쓰, 돈, 쓰도쓰……."

신호는 지난번보다도 훨씬 절박해 보였다. 아직은 겨울이라 평상 위의 밤하늘은 아니었지만, 삼촌은 천장을 뚫고 저 먼 별을 우러르고 있음에 틀림없었다.

그리고 여름이 시작될 무렵 삼촌은 서울로 떠났다. 원호청의 알선으로 취직이 되었다는 것이었다. 기뻐한 건 할머니와 아버지였다. 마을을 떠나면서도 삼촌은 별다른 기색이 없었다. 즐거워하지도, 그렇다고 섭섭해 하지도 않았다. 다만 미루나무 숲을 지나 버스가 서는 냇가까지 따라간 나에게 머리를 쓰다듬으며 말했다.

"네 별은 마냥 널 기다려 주지 않는다."

*

무덤은 그 위에 풀을 키워서 죽은 사람과 산 사람을 연결시킨다. 만약 무덤이 시멘트로 덧씌워졌다고 상상해 보라. 성묘의 필요성이 사라진 때문이 아니더라도 이렇듯 찾아올 생각이 들지 않으리라. 무덤은, 망자가 피우는 그 풀로 해서 해마다 망각에서 기억으로 되살아나는 셈이었다.

벌초를 마치자 나는 삼촌 무덤 앞에 처음으로 술잔을 올렸다. 그러자 주머니 속의 훈장이 떠올랐다. 아버지가 왜 그것을 가져가라고 한 건지 알 것 같았다. 어쩌면 삼촌은 바라지 않을지도 모르지만, 나는 그것을 꺼내 무덤 앞에 놓았다. 세월이 흘렀으나 훈장은 누구의 정성스런 손길 덕택인지 녹이 쓸지 않았다. 그 훈장 위에 투명한 가을 햇살이 떨어졌다.

삼촌이 월남에 파병된 건 전쟁이 가장 치열하던 때였다. 그 때문에 삼촌은 한쪽 다리와 훈장을 맞바꾼 셈이었다. 아버지의 말에 따르면 훈장을 탄 건 통신병이었던 삼촌이 매복작전에서 큰 공을 세운 때문이라고 했지만, 삼촌은 한 번도 그에 대해서는 입을 열지 않았다. 모두들 삼촌의 훈장을 대견스러워했으나 마찬가지였다. 어느 날 삼촌은 내게 말했다.

"이런 건 부끄러운 거란다. 사람이 죽어야 받는 거니까."

하기야 훈장이 아니더라도 삼촌은 어릴 때부터 나의 영웅이었다. 식구들은 물론 마을 사람들 모두 삼촌을 칭찬했다. 초등학교 때부터 일등만 했다는데 삼촌은 공부만 잘하는 것이 아니었다. 공작工作도 뛰어났다. 삼촌의 솜씨는 놀라워서 팽이도 방패연도 삼촌이 만들어 주면 언제나 일등이었다. 그래서 동네 아이들은 나를 부러워했다. 삼촌은 달리기도 잘했다. 운동회 때 졸업생 달리기에서 삼촌이 일등 하는 걸 여러 번 보았다. 내가 삼촌에게 달려가면 삼촌은 내 머리를 쓰다듬으며 말했다.

"이런 건 아무것도 아니야. 다른 걸 잘해야지."

삼촌은 다른 것도 잘했다. 고등학교 때는 백일장에 나가 장원을 하고 번쩍이는 은컵을 상으로 타 온 적도 있었다. 그리고 시가 신문에 실렸다.

별

별이 언덕에 스러지면
언덕은 나무를 깨우고
나무는 두견이를 부르고
두견이 밤새 슬피 울었지

별이 강물에 잠기면
강물은 여울을 깨우고
여울은 은하를 부르고
은하가 밤새 별을 싣고 흘렀지

별이 속눈썹에 지면
속눈썹은 꿈을 깨우고
꿈은 눈물을 부르고
눈물이 밤새 베갯잇을 적셨지

별의 동경엔 전염성이 있는 모양이었다. 삼촌은 어느 누구보다도 별과 가까웠다. 나는 그런 삼촌을 따라 자주 밤하늘의 별을 올려다보았다. 별은 어느새 나의 친구였다. 그 별을 늘 삼촌과 함께할 수 없는 게 아쉬웠다. 삼촌이 대학교에 진학하여 집을 떠나 있고부터는 방학이 되어야만 만날 수 있었기 때문이다. 기다렸던 만큼 그때가 가장 행복한 나날이었다.

밤이면 동네 뒤 정자에서 삼촌의 흥미로운 별 이야기로 잠자는 것도 잊었다. 그때는 동네 또래들도 그 시간을 함께 했다. 정자의 넓은 마루에 배를 깔고 누워 바라보는 밤하늘에는 별들이 쏟아질 듯했다. 그리고 자세히 보면 별들은 저마다 색깔이 달랐다. 파란색, 흰색, 노란색, 빨간색….

삼촌은 그 별들을 가리키며 말했다.

"별의 수명은 사람의 수명보다 훨씬 길단다. 그래서 아주 먼 옛날 우리의 조상들도 오늘밤에 우리가 보고 있는 똑같은 별을 바라보았지. 사람의 나이가 백 살쯤 된다면 별의 나이는 백만 살이야."

별의 오랜 나이에 기가 질려 있자 삼촌이 덧붙였다.

"하지만 별에게도 죽음이 있단다. 우주 안의 모든 것에 죽음이 있듯이 별도 예외가 아니지. 별들의 마지막은 대폭발이야. 이때 방출된 에너지가 지구상의 모든 것들과 우리 몸을 이루는 원소가 된단다. 그러니까 별의 죽음으로 우리가 이 세상에 있는 거야. 별의 죽음이 없었다면 나와 너희들도 존재하지 않았을 거야."

우리는 너무 신기하여 모두 입이 얼어붙고 말았다.

"별은 우리의 고향이며 우리는 별의 후예지. 그래서 모두 별을 사랑하는지도 몰라."

우리가 너무 깊이 생각에 잠겨 있자 삼촌은 손가락으로 한 곳의 별들을 가리켰다. 거기에 은하수를 사이에 하고 유난히 밝은 세 별이 반짝이고 있었다.

"저 세 별을 여름철 대삼각형이라 부르지. 은하수에 잠겨 목욕을 하고 있는 저 별이 백조자리의 일등별이고, 은하수 양쪽에서 마주 바라보고 있는 두 별이 견우와 직녀성이란다. 견우와 직녀는 너희들도 들어봤지?"

칠석날에 일 년 동안 떨어져 있던 견우와 직녀가 만난다는 전설은 우리도 들어서 알고 있었다.

삼촌은 다시 북두칠성 저 너머의 북극성을 가리키며 설명했다.

"북극성은 다른 별과 달리 움직이지 않아서 길잡이 별이란다."

그리고 바다 건너 다른 나라의 전설을 들려주었다.

"너희들, 인디언 알지? 아메리카의 원주민으로 착하고 신비로운 종족이었지. 그들은 백인들이 몰려오기 전에는 아주 평화롭게 살았단다."

삼촌이 짧은 한숨 끝에 이야기를 이었다.

"그들은, 숲에 동물들이 많이 살게 해달라고 늘 조상들께 기도를 드렸단다. 그래야 사냥을 할 수 있을 거 아냐. 그러던 어느 날 사냥을 나가게 되었지. 그런데 이상하게도 그날따라 동물이 한 마리도 보이지 않는 거야. 그러다가 너무 멀리 가는 바람에 그만 길을 잃고 말았어. 할 수 없이 추장이 다시 조상들께 제사를 올렸단다. 그러자 한 아이가 나타나서, 당신들의 조상님이 보내서 왔어요, 하고 말했지. 제사의 효과가 금방 나타난 거야. 추장과 인디언들은 아이의 인도로 무사히 마을로 돌아왔단다. 그런데 놀라운 건, 안내를 끝낸 아이가 갑자기 하늘로 솟아오르더니 별이 되었지 뭐야. 그 별이 바로 북극성이란다."

그러고 나서 삼촌은 마지막으로 덧붙였다.

"자신의 북극성을 언제나 가슴에 새기고 잃어버리면 안돼."

*

무덤 속의 삼촌에게 올린 술은 내가 대신 마셨다. 나는 목이 타서 부지런히 잔을 올렸다. 그래서 준비해 간 한 병의 술이 어느새 바닥을 드러내고 있었다. 삼촌에 대한 나의 추억은 한 병의 술로는 어림도 없을 터였다. 이제 술 때문에도 그 추억을 마무리해야 할 것 같았다.

누구보다도 별에 투철했던 삼촌은 생애의 마지막 여름을 보내면서 자신의 북극성을 잃어버린 게 틀림없었다. 어쩌면 스스로 놓아버린 것인지도 모르겠다. 여름이 깊을수록 삼촌의 혼란스러운 정신은 더욱 길을 잃은 것 같았다. 삼촌은 그럴수록 별에 더욱 매달리고, 별을 향한 통신은 더욱 절박해졌다. 그럴 때면 나는 삼촌이 월남에서 보낸 마지막 편지를 안타깝게 떠올리곤 했다.

이곳은 별이 너무 가까운 남반구란다. 너무 가까워 손에 잡힐 듯하구나. 하지만 전쟁이 그 아름다운 별을 다 망쳐 놓았어. 너 있는 곳에 북극성이 있듯이 이곳엔 십자성이 있단다. 북

극성이 길잡이 별이듯이, 이곳에선 십자성을 보고 길을 찾는
단다.

　매복을 나갈 때면 십자성을 향해 소원을 빈다. 부디 전쟁이
빨리 끝나서 무사히 네 곁으로 돌아갈 수 있게 해달라고.

　너에게 십자성을 따서 보내주지 못해 안타깝구나. 대신 꿈
에서라도 만나렴. 북극성과 십자성을 꿈에서 만나면 희망이
생긴다니까. 오늘밤 나도 너와 함께 꿈을 꾸고 싶어.

　삼촌은 편지와 함께 야자나무 아래서 찍은 사진을 내게 보
냈다. 사진 속 삼촌의 팔에 네 개의 별이 빛나고 있었다. 삼촌
은 십자성 부대였다.

　그러나 삼촌은 끝내 북극성이나 십자성의 꿈을 꾸지 못한
모양이었다. 삼촌이 부상을 당한 건 그 사진을 보내오고 바로
뒤였다. 어쩌면 삼촌은 그때 이미 북극성을 잃어버렸는지도
모른다.

　이제 나는 고백해야겠다. 삼촌이 집을 나간 이튿날 아버지
와 동네 어른들이 삼촌을 찾아 나설 때도 나는 삼촌의 행방을

말하지 않았다. 그것만이 삼촌에 대한 약속처럼 여겨졌다. 그리고 만약 삼촌이 비행접시를 만나지 못하면 반드시 나에게 돌아오리라 조금도 의심하지 않았기 때문이다. 비록 한쪽 다리를 잃었지만 월남에서도 돌아왔으니 말이다.

아버지와 동네 어른들은 삼촌을 찾지 못했다. 삼촌은 며칠이 지나도 돌아오지 않았다. 대신 어느 날, 면소재지 지서의 순경이 찾아왔다.

"저수지에 익사체가 떠올랐는데 확인 좀 해주셔야겠습니다."

아버지가 순경을 따라 나섰다. 두 사람이 향한 곳은 범골 쪽이었다. 나는 아버지의 뒤를 따라가지 못했다. 발이 땅에 붙어 따라갈 수 없었다. 대신 가슴을 쓸어안은 채 그 자리에 주저앉고 말았다.

밤이 깊어 아버지는 혼자 돌아왔다. 아버지는 까맣게 속이 탄 채 기다리던 할머니에게 말했다.

"그놈 그만 잊어버리세요."

할머니는 울면서 말했다.

"잘 묻어 주었니?"

*

초가을 해가 서편으로 많이 기울어 있었다. 남은 해가 지고 날이 저물면 별이 뜨리라. 그리고 그 별은 다시 저수지에 잠기리라. 내가 이곳에 다시 오지 않는다 하더라도 삼촌이 외롭거나 무서울 것 같지는 않았다. 나는 엉덩이를 털고 자리에서 일어나다가 훈장 때문에 잠시 망설였다. 다시 저 훈장을 할머니의 손수건에 간직할 필요가 있을까. 나는 훈장을 내려다보았다. 이제야말로 별과 더불어 제자리를 찾은 것 같았다.

수록 작품은, 한 편을 빼고 모두 원고지 30장 안팎의 분량이다. 단편소설로는 길이가 짧은 편이다. 소설의 서사와 구성을 가능한 한 단일하게 단순화시켜 보자는 목적으로 시도해본 것이다. 근래의 단편이 길어진 데 대한 반작용도 없지 않으나, 그보다는 단편의 요체를 외면적인 길이보다 내용 면의 단일 서사에서 찾은 결과이다. 그런 뜻에서 '단편短篇'보다는 '단편單篇'에 가깝다. 이는 내 나름대로 단편의 한 형태를 완성시켜 보려는 작업이다.

또 하나, 이 소설에서 시도해 본 것은 시詩와 소설의 접목이다. 그에 따라 여러 작품에 시를 삽입했다. 단순한 인용이나 장식이 아니라 소설의 테크닉이자 묘사로서 시를 동원하고, 나아가 시와 산문의 교합을 추구해 보았다. 말하자면 주제의 응축이나, 서사의 완결, 인물의 심리적 추이에 시를 원용해 보고자 한 것이다. 이 또한 내 나름의 소설 형식을 정착시켜 보려는 시도이다.

소설의 형식은 다양할수록 좋고, 소설의 가치는 길이의 길고 짧음에 국한되지 않는다. 효과나 호응은 미지수나, 앞으로 이 작업에 좀더 매달려 보고 싶다.

2021년 벽두
이채형